伊達宗弘　著

みちのくの文学風土

扇面和歌　伊達政宗筆　仙台市博物館蔵

青森県

参照頁 71・74・85・92・104・147・149

◀弘前城

参照頁 151・152・156・158

◀尻屋崎と寒立馬

参照頁 156

◀大間崎

参照頁 145・146・149・150

◀▼ 十和田湖

秋田県

◀田沢湖

参照頁 145

◀田沢湖と辰子姫

◀鳥海山遠景

参照頁 49・85・98・104・129

◀鳥海山

山形県

◀羽黒山五重塔

参照頁　22・73・124・127

◀立石寺（山寺）

参照頁　22・70

岩手県

中尊寺
▲金色堂内陣中央壇
参照頁　10・21・22・55・71・72・86・104・108・131・137

▲遠野ふるさと村
参照頁　136

▲千葉家の曲り家
参照頁　136

▲早池峰山
参照頁　136

▲伝承園（オシラサマ）
参照頁　136

宮城県

宮城・山形にまたがり25kmにわたる火山群。その中心の火口湖。

◀蔵王・お釜

参照頁 116・126・127・128

◀瑞巌寺

参照頁 21・82

◀瑞巌寺襖絵

奥松島

参照頁 19・20・23・25・26・27・28・36・48・70・71・77・81・87・103・104・165

五大堂

旧登米高等尋常小学校

参照頁 86・165

福島県

◀塩屋崎灯台

参照頁 114

◀五色沼と磐梯山

参照頁 19・46・52・65・83・96・109・111・112

◀若松城（鶴ケ城）

参照頁 74・83・109・110

みちのくの文学風土

「みちのくの文学風土」に寄せて

この本は、平成十一年一月から平成十三年十月までみちのく俳句会（主宰原田青児氏）俳句誌『みちのく』へ連載したものを、取りまとめたものです。たくさんの本を参考にさせていただきながら、みちのくの歴史と文学を立体的に組み立てたものです。

いろいろな視点でみちのくを捉え、さらに和歌や俳句を交えながら「みちのくの旅」をお楽しみいただければという思いで書いたものです。文人陸奥守や旅人、街道、峠、山河などさまざまな要素が関わり合いながら、みちのくの文学風土をかたちづくってきたのです。時空《とき》を超えて繰り広げられてきた歴史や文化、人びとの思いについて記述してみました。ひとつひとつを完結するようなかたちで連載してきたので、多少重複するところがあるかもしれません。

この書を書くにあたっては、巻末に紹介させていただいたように多くの皆さまの貴重な著書を参考に、また引用させていただきました。さらに旅の味わいを深めてもらうため、歌や俳句、詩なども盛り込んでみました。旅を終えた後、少しでも豊かな気持ちになっていただけたら幸いです。そして、この本を通して少しでもみちのくの歴史や文学に興味を持っていただき、それがひとつのきっかけとなって参考にさせていただいた著書を読んでいただければ、これに過ぎる喜びはありません。

平成十五年三月

著者

「みちのくの文学風土」に寄せて…………3

第一章　みちのくの歴史と文化の源流を訪ねて
一　みちのく命名の心…………10
二　奥の細道を行く…………16
三　松島を模した京の庭…………23
四　みちのくの土に化した藤原実方…………29
五　彩りを添えた文人陸奥守…………35
六　能因法師の旅…………44
七　西行の旅…………50
八　万葉集時代の大歌人とみちのく…………58

第二章　みちのくへ刻んだ旅の想い出
一　紀行文からみた東北のかたち…………70
二　中世の紀行文・都のつと…………77
三　古川古松軒の旅…………83

目次

四　菅江真澄の旅……89
五　イサベラ・バードの旅……95
六　ブルーノ・タウトの旅……101

第三章　歴史と文学を訪ねて
一　みちのくへの誘い・福島……108
二　学都を育んだ風土・宮城……116
三　まほろばの国・山形……124
四　イーハトーヴの国・岩手……131
五　雅の文化を育む・秋田……139
六　最果てのロマン・青森……145
七　津軽海峡物語……151
八　東北俳句の源流……162

あとがき……169
参考・引用文献……172

第一章　みちのくの歴史と文化の源流を訪ねて

一　みちのく命名の心

戦後間もない一九五〇年（昭和二五）三月、朝日文化事業団の手によって平泉藤原三代の遺体の学術調査が実施され、そのおり三代秀衡《ひでひら》の棺《ひつぎ》の蓋《ふた》が開かれ、初めて秀衡と対面したときの感動を、作家の大佛次郎《おさらぎじろう》は、次のように記しています。

「私は、義経《よしつね》の保護者だった人の顔を見守っていた。想像を駆使して、在りし日の姿を見ようと努めていたのである。高い鼻筋は幸いに残っている。額も広く秀《ひい》でていて、秀衡法師と頼朝が書状に記した入道頭を、はっきりと見せている。下ぶくれの大きなマスクである。北方の王者にふさわしい威厳のある顔立ちと称してはばからない。牛若丸から元服したばかりの義経に、ほほえみもし、やさしく話しかけもした人の顔が、これであった。」

調査では、おびただしい副葬品も出てきました。刀装具《とうそうぐ》、鹿角製品、水晶、琥珀念珠《こはくねんじゅ》、金塊《きんかい》等々。その中には豆粒ほどの小さい金の鈴がありました。それを棺の中から拾い上げ、静かに振って鈴音を聞いたときの感動を、調査に立ち会った中尊寺元執事長佐々木実高師は、のちにこう記しました。

「黄金というには余りに可憐《かれん》な金の小鈴、思わず呼吸をつめた私は、目を閉じ心意を一点に凝らして、静かに静かに振ってみた。小さく、貴く、得も言われぬ神秘の妙音。八百年後の最初の音を聴き得た身の果報。それはまさしく大いなるものの愛情による天来の福音《ふくいん》であった。連日続くあの騒擾《そうじょう》に、恐らくすでに爆発寸前の感情にあったろう私は、文化を護る道は、ただ〝愛情〟の二字に尽きることを、この瞬間に強く悟り得たのであった。」

歴史や文化を正しく継承しこれを次代にしっかりと引き継いで行くのは、何にもまして歴史や文化に対する尊敬と、温かい気持ちがあって初めて可能なのではないでしょうか。そんな気持ちでみちのくの歴史と文化を振り返ったとき何と素晴らしい歴史や文化が花開いていたことでしょう。九百年前の歌人　源　俊頼《みなもとのとしより》（一〇五五～一一二九）は、みちのくのシンボルでもある宮城野の美しさを通してその奥ゆかしさを絶唱し、

さまざまに心ぞとまる宮城野の花のいろいろ虫のこゑごゑ

『千載《せんざい》和歌集』

さまざまに心がひかれることだ。広い宮城野の秋のとりどりの花やさまざまな虫の声に。

という和歌を残しています。何と美しく、心豊かになる和歌でしょうか。

司馬遼太郎《しばりょうたろう》は、津軽を「言葉幸《さきわ》う国」と表現しましたが、青森だけでなく東北は、もとも

と言語表現の豊かな国でした。加えて人びとは山や川を敬い、真摯《しんし》に山に向き合ったとき山もまた人に向きあい、岩に語りかけるとき岩もまた人に語りかけると信じていました。人は大自然の一員として生きとし生けるものに限りない慈《いつく》しみを持ち、大切に扱うすべを知っていました。美しい山河《さんが》とそこに優しく生きる人びとの住むみちのくは、遠い都の人びとに憧憬《しょうけい》を抱かせていったのです。

都《みやこ》をば霞《かすみ》とともに立ちしかど秋風ぞ吹《ふ》く白河《しらかわ》の関　『後拾遺《ごしゅうい》和歌集』

都を春霞が立つのとともに出発したが、ここ白河の関にくるといつのまにか秋風の吹く季節になってしまったことだ。

で知られる平安中期の歌人能因《のういん》法師（九八八〜没年未詳）は、二度みちのくを訪れたといわれ、のちに歌学書（和歌の手引書）を著していますが、その中で陸奥国《むつのくに》（青森県、岩手県、宮城県、福島県）を山城《やましろ》（京都府の南部）、大和《やまと》（奈良県）に次ぐ第三の歌枕の国と位置づけています。これによると歌枕の地は、山城八十六、大和四十三、陸奥四十二、摂津《せっつ》（大阪府と兵庫県の一部）三十五、近江《おうみ》（滋賀県）二十六、出羽《でわ》（秋田県、山形県）十九（以下略）となっていて、遠いみちのくが上位を占めています。一千年以上前すでに東北は、文学的には都の風土の中に組み込まれていたのです。そのみちのくを訪ねて、能因法師、西行《さいぎょう》法師（一一一八〜九〇）、宗久《そうきゅう》（生没年未詳、一三五〇頃）、松尾芭蕉《まつおばしょう》（一六四四〜九四）らが、みちのくの美しさを愛《め》でた和歌や俳句、紀行文を残しています。

しかし多くの人びとの憧憬《しょうけい》の土地であったみちのくは、特に明治以降、不毛の地、後進地域のようなイメージで語られるようになり、またそこに住む人たちも、潜在的にそのような気持ちを持つようになってしまいました。敗戦後の日本もまさにそのような状況におかれていました。香り高い日本固有の歴史や文化が無造作に否定され、国民の知識水準も大変低いとされ、自信と誇りを喪失《そうしつ》していた時代です。俳句雑誌『みちのく』が創刊された一九五一年（昭和二六）という年は、そのようななかでまさに再生日本が独立国家として新しい第一歩を踏み出した年でもあります。『みちのく』とタイトルを付した謄写印刷の会報は、一月一日付けで発行されましたが、大陸生まれの原田青児《はらだせいじ》は「ぼくが東北人だったら〝みちのく〟とはしなかっただったろう。あのとき、場所を指す〝みちのく〟というより道義《どうぎ》の奥、つまり、精神的なものを標榜《ひょうぼう》したんだ」と述懐しています。五十年を経たいま、もう一度この言葉の持つ意味を振り返って考えてみる必要があります。

東北は豊かな自然が数多く残され、他の地域では失われつつあるものを今でも大事に伝えています。それを再評価し、いまのありようを考えて見ることは重要なことです。ふるさとの歴史や文化をしっかりと知ることはたいへん大切なことです。〝みちのく〟という言葉に象徴される地方が、今こそ日本人の心の再生のため大きい役割を果たしていかなければなりません。

夕暮れ時、多賀城碑《たがじょうひ》（宮城県多賀城市、通称壺の碑《つぼのいしぶみ》）の前にたたずみしばしの静寂に身を委ねたとき、多くの人びとの思いが脳裏に去来しました。

陸奥《みちのく》のおくゆかしくぞおもほゆる壺のいしぶみ外の浜風　『山家《さんか》集』　西行

陸奥の更に奥の方には、行ってよく知りたいと思われるところがたくさんある。壺の碑《いしぶみ》とか、外の浜風とか。

疑なき千歳《せんざい》の記念《かたみ》、今眼前に古人の心を閲《けみ》す。行脚《あんぎゃ》の一徳、存命《ぞんめい》の悦《よろこ》び、羇旅《きりょ》の労をわすれて、泪《なみだ》も落《おつ》るばかり也。

この壺の碑にいたっては、疑いもなく千年前の面影をとどめた記念物というべく、今それを目の前にして、ありありと古人の風懐《ふうかい》（心の中）を偲《しの》ぶことができる。これも行脚の一つの賜物であり、命があればこそ、こういうよろこびにもあうのだと、旅の辛苦《しんく》をも忘れて、感激に涙もこぼれるほどであった。

（麻生磯次『奥の細道』旺文社より。）

みちのくの壺の碑《いしぶみ》ふかむ秋　青児
壺の碑《ひ》の森より湧きし稲雀《いなすずめ》
碑に刻む靺鞨《まつかつ》の国燕去《い》ぬ
壺の碑を見し夜の憂ひ濁り酒

（原田青児句集『日はまた昇る』より）

下野《しもつけ》（栃木県）には渡来人が那須国造《なすのくにのみやつこ》直韋提《あたいいで》の善政を称え建立した那須国造碑（那須郡湯津上《ゆづかみ》村）

があり、上野《こうずけ》（群馬県）には新羅《しらぎ》系帰化人によって七一一年（和銅四）建立された多胡郡建郡の記念碑である多胡碑《たごひ》（多野《たの》郡《ぐん》吉井《よしい》町）があります。それらとともに、日本三古碑の一つである多賀城碑は、古代の東北を知るうえに欠かせない貴重な史料であります。多賀城碑には、京・蝦夷《えぞ》地《ち》・常陸《ひたち》・下野《しもつけ》・靺鞨《まっかつ》（現在の北朝鮮と中国東北部の一部）等から多賀城までの距離が示されています。また、多賀城は七二四年（神亀一）大野《おおの》東人《あずまんど》が築き、七六二年恵美朝獦《えみのあさかり》（押勝《おしかつ》の子）が修造した旨が記され、天平宝字《てんぴょうほうじ》六年十二月一日と建造の年月日まで刻み込まれています。

先人がふるさとの大地に刻んだ歴史や文化をしばしの間、辿《たど》ってみたいと思います。

二　奥の細道を行く

古くから日本人は、木や草を素材とした家に住み、紙一枚の障子《しょうじ》で外と接する生活をしてきました。半永久的なレンガや石を素材とする西欧の住宅と異なり、木は燃えやすく朽ち果てやすい素材です。紙一枚の障子だけで仕切られている生活は、自然の移ろいや鳥の声や虫の声にも常に親しみをもち、その一つ一つの仕草《しぐさ》にも心躍らせる豊かな感性を養いました。繊細《せんさい》な優しい気持ちで自然のあるがままと接してきました。生きとし生けるものの美しさはかなさ、生きることの貴さをしっかりと心に刻み込んできたのです。

日本人は農耕民族です。月を見て月の動きにあわせ生活をしてきました。月に関心を持ち、月を題材にした数々の和歌や俳句を詠《よ》んできました。西洋人は遊牧民族です。野営の草原で星を見て、星に限りない思いを寄せました。西洋の文学には星を素材としたものが多いのに対し、日本の文学は月に素材を求めました。日本人は花や鳥や虫の姿や声に常に親しみを感じ、その一つ一つの仕草にも心を躍らせ、豊かな季節の移ろいを感じ、またそれに心を託した細やかな心を養った民族です。

日本人は万葉の時代から今日まで和歌や俳句を自分の心を表す手段として、教養を磨く一助として、日常生活の嗜《たしな》みとして、言葉の持つ馥郁《ふくいく》たる余韻《よいん》を楽しんできました。このような文化を一千年以上、脈々と伝えてきた民族であります。さらにこの時代の文学を一つのジャンルとして語れる文化を持った国でもあります。『竹取《たけとり》物語』『古今《こきん》和歌集』『源氏《げんじ》物語』『紫式部《むらさきしきぶ》日記』『枕草子《まくらのそうし》』『伊勢《いせ》物語』。日本には数多くのものが残されていますが、同時期のイギリス、フランス、ドイツなどにこのようなものが残っているのでしょうか。残っているとしても数えるほどしかありません。

一方、遊牧民族の星の文化は十五世紀に始まる大航海時代を生み、果敢《かかん》に大海原《おおうなばら》に乗り出し世界を植民地化していきました。日本は、それぞれの文化に新たな息吹《いぶき》を与え、最高度に昇《しょう》華《か》させました。俳聖松尾芭蕉もその役割を果たした一人です。

江戸時代前期の俳人松尾芭蕉は、伊賀国《いがのくに》（三重県中西部）上野《うえの》に生まれ、後年は江戸深川の芭蕉庵に住み、各地を旅して数多くの名句と優れた紀行文を残しました。

『俳諧七部集《はいかいしちぶしゅう》』は、蕉門《しょうもん》の代表的撰集とし「冬の日」「春の日」「曠野《あらの》」「ひさご」「猿蓑《さるみの》」「炭俵」「続猿蓑」の七部を合した書です。

『野ざらし紀行』は、一六八四年（貞享一）秋、伊勢（三重県大半）を経て郷里伊賀に帰り、大和《やまと》（奈良県）から近江《おうみ》（滋賀県）、美濃《みの》（岐阜県南部）、尾張《おわり》（愛知県西部）、甲斐《かい》（山梨県）を回り、翌年四月江戸へ帰るまでの紀行文です。

『笈《おい》の小文《こぶみ》』は、一六八七〜八八年（貞享四〜五）の尾張、伊賀、伊勢、大和、紀伊《きい》（和歌山県、三重県の一部）を経て須磨《すま》（神戸市南西部）、明石《あかし》（兵庫県南部）遊覧に終わる紀行文です。

『更科《さらしな》紀行』は、一六八八年〜八九年（元禄一〜二）芭蕉が門人越智越人《おちえつじん》を伴い、尾張から木曽路を通り、信州（長野県）更科の里姨捨山《おばすてやま》の月見に行った時の小紀行文です。

『奥の細道』は、一六八九年（元禄二）のみちのくの旅を文学化した作品で、目的は、能因、西行などの跡を辿《たど》る風雅探訪の旅であります。これを通して芭蕉とその門下の俳風である蕉《しょう》風《ふう》の不易流行《ふえきりゅうこう》の理念が醸成されたといわれ、わび・さびの理念もこの旅の結果から生まれました。不易は詩的生命の基本的永遠性を有する体。流行は詩における流転の相で、その時々の新風の体。この二体は共に風雅の誠から出るものであるから、根元においては一に帰すべきであるというものです。芭蕉にとって『奥の細道』の旅は、彼の俳諧的人生の形成のうえに重大な意味をもちました。

里程は六百里（二千四百キロメートル）七カ月に及ぶ旅で、三月二十七日門人曽良《そら》をともなって江戸を出立《しゅったつ》しました。これに先立ち正月早々、芭蕉は伊賀上野の俳友窪田猿雖《くぼたえんすい》に宛てた手紙に

「弥生《やよい》に至り、待侘《まちわび》候《そうろう》塩竈《しおがま》の桜、松島の朧月《おぼろづき》、あさかの沼のかつみふくころより北の国にめぐり、秋の初、冬までには美濃、尾張へ出候」と、奥羽から北陸地方への旅の予定を報じています。（参考『おくのほそ道』板坂元・白石悌三校注・現代語訳　講談社文庫より　以下同じ）

行春《ゆくはる》や鳥啼《とりな》き魚《うお》の目は泪《なみだ》　芭蕉

行く春とともに、人びとと別れ行く私の目に浮かぶ惜別の涙。心なしか鳥のなく声にも哀愁が感じられ、魚の目も涙にうるんでいるようだ。

芭蕉は、日光・黒羽《くろばね》・雲巌寺《うんがんじ》を経て、四月二十日白河関を越えてみちのく入りしました。

卯《う》の花《はな》をかざしに関の晴着《はれぎ》かな　曽良

昔の公卿のように衣冠《いかん》をあらためるわけにはいかない旅の身だが、せめて白い卯の花を頭にかざして晴着姿のつもりで関を越えよう。

そして須賀川《すかがわ》から、会津嶺《あいづね》、安積《あさか》山・黒塚《くろづか》、福島、しのぶの里、飯塚《いいづか》を経て、伊達の大木戸《おおきど》を越えて仙台領に入りました。

鐙摺《あぶみずり》、白石《しろいし》城、甲冑堂《かっちゅうどう》を見て、能因法師ゆかりの竹駒《たけこま》神社を参拝、武隈《たけくま》の松を見て、藤原《ふじわらの》実方《さねかた》の墓はどのあたりかと遠望しました。

名取《なとり》川を越えて仙台に入り宮城野、玉田《たまだ》・横野《よこの》、つつじが岡、薬師堂など市内の名所旧跡を見ました。

あやめ草足に結ばん草鞋《わらじ》の緒《お》

いただいた草鞋の紺《こん》の緒は、折からの五月の菖蒲の色のように鮮やかだ。私も端午《たんご》の節句の厄災よけに菖蒲を足に結んで、お別れして旅へと出ることにしましょう。

十苻《とふ》の菅《すげ》に思いを馳せ、壺《つぼ》の碑、野田《のだ》の玉川、沖の石、末の松山を巡り、塩竈《しおがま》神社を参詣《さんけい》、そのあと塩竈から小舟に乗って松島に入りました。このとき松島の二百余のさまざまな表情を持つ島々を小舟から眺めた芭蕉は、中国の詩人杜甫《とほ》（七一二〜七〇）の詩句を引用し、その強い印象を、次のように書きとどめました。

抑《そもそも》ことふりにたれど、松島は扶桑《ふそう》第一の好風《こうふう》にして、凡洞庭《およそどうてい》・西湖《せいこ》を恥《はじ》ず。東南より海を入れて、江の中《なか》三里浙江《せっこう》の潮《うしお》をたゝふ。島々の数を尽して、欹《そばた》つものは天を指《ゆびさ》し、伏すものは波に匍匐《はらば》ふ。あるは二重《ふたえ》にかさなり、三重に畳みて、左にわかれ右につらなる。負《おえ》るあり、抱《いだ》けるあり。児孫《じそん》愛すがごとし。松の緑こまやかに、枝葉汐風《しようしおかぜ》に吹《ふき》たはめて、屈曲をのづからためたるがごとし。その気色窅然《けしきようぜん》として美人の顔《かんばせ》を粧《よそほ》ふ。ちはやぶる神の昔、大山祇《おおやまづみ》のなせるわざにや。造化《ぞうか》の天工《てんこう》、いづれの人か筆をふるひ詞《ことば》を尽さむ。（略）

松島や鶴に身を借れほとゝぎす　曽良

さて、もう古くさい言い方ではあるが、松島は日本第一のすぐれた風景であって、まずは洞庭湖や西湖にくらべても劣りはしない。東南の方から海を入れたようになっていて、湾の中は三里もあり、そのなかに浙江を思わせるような潮《うしお》を一杯たたえている。島々が数えきれないくらいあって、高く聳《そび》えている島は天を指さしているようであり、低く横たわっている島は波の上にはらばっているようだ。あるいは二重に重なり、あるいは三重にかさなったりして、左の方に離れて島があるかと思うと、右の方には島が続いて見えたりする。中には小さな島を背負っているようなものもあり、また抱いているようなものもあって、ちょうど親が子や孫を愛撫《あいぶ》しているようである。松の緑は色が濃く、その枝葉は潮風に吹きまげられていて、そのまがり具合《ぐあい》は、あたかも人工的にこしらえたような、みごとな形になっている。松島の様子は、物静かで深みを帯び、美人が顔を化粧したようである。これは神代の昔大山祇の神がなされたしわざなのであろうか。このような造物主のなさった神わざは、どんな人間が絵筆をふるい、また美辞佳句を尽くしても、十分に表現することができようか、とてもできるものではない。

松島の夜を鳴き渡るほととぎすよ、ここ松島では、せめて古歌にあるように「鶴の毛衣」でもまとって鳴いてくれ。　　　曽　良

瑞巌寺《ずいがんじ》を見たあと石巻に向かい、日和山《ひよりやま》から数百の廻船《かい》が港内に集まり、人家は密集して、家々のかまどから煙が盛んに立ちのぼっている様子を眺めました。そして、袖《そで》の渡り、尾鮫《おぶち》の牧《まき》、真野《まの》の萱原《かやはら》などを遠望、旅の寂寥《せきりょう》を味わいながら北上川を北上、登米《とよま》に一泊して平泉に入りました。高館《たかだち》、中尊寺、金色堂を参詣しここで有名な二句をとどめました。

夏草《なつくさ》や兵《つわもの》どもが夢の跡

あたり一面に生い茂っている夏草。人の争いや憎しみの歴史はあとかたもなく消え去って、この草原は勇ましい兵士たちの永遠の眠りの地と空しく化してしまっている。

五月雨《さみだれ》の降《ふ》りのこしてや光堂

五月雨の降る中に立っている光堂。何十年何百年もの雨に耐えてきたその姿を見ると、低くたれこめた空の下、薄暗い中に、ひときわ光り輝く光堂の美しさが目にしみる。

そのあと小黒崎《おぐろさき》・美豆《みつ》の小島を経て尿前《しとまえ》の関を越え出羽《でわ》国《のくに》に入りました。尾花沢《おばなざわ》、立石寺《りっしゃくじ》、大石田《おおいしだ》、新庄《しんじょう》、羽黒山、鶴岡、酒田、象潟《きさかた》、温海《あつみ》（念珠ヶ関・鼠ヶ関）を経て、越後路に入りました。弥彦《やひこ》、出雲崎《いずもさき》、糸魚川《いといい》、市振《いちぶり》、金沢、山中、敦賀《つるが》を経て大垣《おおがき》に到着し、ほぼ旅の目的を果たしここで筆を擱《お》いています。

『奥の細道』を辿《たど》ることは、そのままみちのくの歴史と文学を辿《たど》ることにもつながり、多くの歌人や俳人が絶えることなく訪れました。こうしてみちのくはさらに憧憬の土地となっていったのです。

月山《がっさん》の水走《みずはし》りけり雛《ひな》の里　　柏原眠雨

三　松島を模した京の庭

みちのくの歴史と文化を語るとき、今からおよそ千三百年前多賀城に国府が設置されたことと、国府の前面に「塩竈の浦」いわゆる松島という日本有数の景勝地があったということは、忘れてはならない大きな要素であります。多賀城がみちのくの都として存在していた期間はおよそ六百年にわたります。

そのなかで、青森、岩手、宮城、福島の四県は昔は陸奥国《むつのくに》といいました。秋田と山形は出羽国です。陸奥国は、大変面積が広かったため、しばしば東北全体の総称のような用いられ方がなされました。

陸奥国はその昔は道の奥の国、「みちのく」といっていました。「みちのく」とは政治の外、支配の外という意味で、大和《やまと》朝廷の政治支配が及ばず、文化が開かれていない、未開、野蛮《やばん》、化外《けがい》の地（朝廷の教化の及ばない土地）という意味が込められています。その後政治が行われ文化が開けても、当時の地名がそのまま今日まで使われてきました。しかし今では「みちのく」という言葉のイメージも、旅に誘われ一度は行ってみたいと憧れる、そんなロマンに満ちた「未知の国」を指すようになりました。それは、一千年以上前、次のような経緯を経て、言葉の変質を遂げながら「歌枕の国」みちのくが成立したと考えられています。

多賀城に国府が設置されたのは、七二四年（神亀《じんき》一）頃といわれていますが、同時に軍事を司《つかさど》る鎮守府《ちんじゅふ》も併設されています。そして次第に蝦夷《えみし》との前線は多賀城から百数十キロも離れた斯《し》波《わ》城・徳丹《とくたん》城（岩手県）と北に移動し、多賀の国府には平和が訪れました。しかし、平和になったとはいえ、都から遠く離れた異郷の地であることには変わりありません。異郷の地で異郷の美しい風物を平和に眺めようとする心が、遠く都から多賀の国府の役人としてきていた人びとをみちのくへと誘い込んでいったと考えられ、みちのくの美しさを愛でた和歌が詠《よ》まれていきます。また、都に残った人びとも、父や兄あるいは恋人たちにみちのくの美しさを伝え聞き、みちのくをテーマに、心に描いた夢のロマンを和歌にして詠んだのでした。こうした中で千二百五十年前、八百年代中頃、後に左大臣となる源融《みなもとのとおる》（八二二～九五）が按察使《あぜち》という陸奥守、出羽守の上位に位する高い官職を賜ったのです。源融は嵯峨《さが》天皇の皇子《みこ》で小倉百人一首には、

みちのくのしのぶもぢずり誰故《たれゆえ》に乱れそめにし我ならなくに　『古今《こきん》和歌集』

私の心がかくも乱れはじめてしまったのは誰の故でしょうか。あなた以外の誰の故でもありません。

ただあなた故なのです。

という和歌を残した歌人として知られています。小倉百人一首は、藤原定家《ふじわらていか》（一一六二〜一二四一）が天智天皇《てんじ》（六二六〜七一、在位六六八〜七一）から順徳天皇《じゅんとく》（一一九七〜一二四二、在位一二一〇〜二一）に至る、百人の和歌各一首を撰したものです。

このような身分の高い人は、遠いみちのくへはやって来なかったといわれていますが、融は当然自分が支配することとなったみちのくの美しさを噂で知っていたのです。京都賀茂川六条河原に風雅の限りを尽くした庭を造ったのです。『伊勢物語』によるとこの庭は、「わがみかど六十余国の中で、しほがまといふ所ににたるところなかりけり」、つまり、日本の中で塩竈の浦ほど美しいところはないが、この庭はその塩竈の浦（松島）を模したものであると記されています。

『伊勢物語』は、和歌の名手にして美男の風流人在原業平《ありわらのなりひら》（八二五〜八〇）をモデルにした、その一代記ともいえる歌物語で、百二十五の話から成り、十世紀中頃書かれたとされますが、作者は不明です。「雅《みやび》をもって任ずるものは、この景を見ないでどうして風流を語れようか」とまで噂され、都の人びとは競ってこの庭を見に訪れたということです。

この庭の池にはいろいろな魚介が放され、みちのくの塩竈の浦の景を写すために、毎日難波《なにわ》の浦から潮水を運ばせて、庭にたてた塩竈で塩を焼かせるなど、その凝《こ》りようはたいへんなものだったといわれています。残念ながらこの庭は、源融の死後まもなく荒れ果ててしまいます。のちに訪れた紀貫之《きのつらゆき》（八六八頃〜九四五頃）は、その庭の荒れようを惜しんで、

きみまさで煙《けぶり》たえにし塩竈のうらさびしくも見えわたる哉　『古今和歌集』

あなたがいらっしゃらないで、煙も絶えてしまったこの塩竈でありますが、その入江はさびしいと申しますように、まさに心さびしく見渡されることであります。

の和歌を残しています。紀貫之は平安前期の歌人・歌学者で、『古今和歌集』撰進の中心的存在であり、その著『土佐日記』はあまりにも有名です。

またこの庭は、『源氏物語』の夕顔《ゆうがお》が変死を遂げた「なにがしの院」のモデルになった邸《やしき》の庭ともいわれ、現在の京都東本願寺別邸渉成園《しょうせいえん》、別名枳殻邸《きこくてい》がその庭の跡であるという説もあります。そのようなさまざまな話題を呼んだ庭を介して、都の人びとは遠いみちのくの塩竈の浦の美しさを知るようになりました。そして遠いみちのくに遥かな想いを馳《は》せて、たくさんの人たちが和歌を詠んだのでした。いまでも京都市下京区には、塩竈町という地名をとどめています。

ところで、源融が模したという塩竈の浦、いわゆる松島は国府の海であり、みちのくの風流は国府の風流として始まりました。そして国府多賀城は、みちのくの都です。みちのくの雅と都の雅が国府多賀城を通じて一つにとけ合って、平安宮廷文学に新しい和歌の泉を注ぎ込んで

いったのです。

かって九州筑紫《つくし》の大宰府《だざいふ》がそのような雅を実現し、『万葉集』における優《すぐ》れた一地域であったように、みちのくも独自の雅を完成させ、ある時期の平安朝文学に、優れた一地域を形成したのです。こうして、宮廷におけるみちのくの和歌を通じて、空想化され美化されたロマンの世界、歌枕の国みちのくが生まれたのです。

三百年前、この歌枕を訪ねて松尾芭蕉がみちのく入りをしたのですが、塩竈から小舟に乗って松島を訪れた芭蕉は、みちのく風流の原点でもある松島の美しさを、中国の詩人杜甫の詩句を引用し、その強い印象を『奥の細道』に書きとめていますが、松島には、多くの歌人や俳人が訪れ、味わい深い歌や句をとどめています。

松島の磯《いそ》にむれゐる蘆鶴《あしたづ》のをのがさまざまみえし千代《ちよ》かな

『詞花《しか》和歌集』　清原元輔《きよはらのもとすけ》

松島の磯でむれている鶴のように、おのおのそれぞれの千年の齢《よわい》のしるしが見えたことでした。

松島やしほくむ海人《あま》の秋のそで月はもの思ふならひのみかは

『新古今和歌集』　鴨《かもの》長明《ちょうめい》

ここ松島の藻塩をくむ海人のぬれた秋の袖よ。月は物思う人の習いの、涙に濡れた袖に映るとばかり限らないことだ。

たちかへり又もきて見ん松島や雄島のとまや浪にあらすな

『新古今和歌集』　藤原俊成《しゅんぜい》

波のように立ち帰って、またも来て見ようと思うが、そのときまで待っていてくれるだろうか。この松島の雄島の苫屋《とまや》を波で荒れさせないでほしい。

朝よさを誰まつしまぞ片心　芭蕉

自分は朝も夜も松島にあこがれているが、松島で誰か自分を待っているとでもいうのであろうか。いや全く自分の松島を恋う片思いに過ぎないのだ。

だまされて来て月を見る千松島　加賀千代女

松島の景《けい》の揚げたる稲雀　遠藤梧逸

松島へ梅雨の憂愁持ちて旅　稲畑汀子

芭蕉忌やことに雄島《おしま》の雨の景　安住敦

牡蠣《かき》打ちを島の日ぐれの音とせる　渡辺幸恵

鯊舟《はぜふね》を見てゐる観瀾亭《かんらんてい》の縁　原田青児

椿散華《さんげ》雄島は仏どちあはし　蓬田紀枝子

冷たさも国宝のうち瑞巌寺　佐治英子

四　みちのくの土に化した藤原実方

みちのくの風流の成立に果たした源融とともに忘れることのできない人が、藤原実方《ふじわらのさねかた》（生年未詳～九九八）です。小倉百人一首にある、

かくとだにえやはいぶきのさしも草《ぐさ》さしも知らじな燃ゆる思ひを『後拾遺和歌集』

このように私はあなたを思っているのですということだけも言い出しかねているのですから、それほどまでとはあなたはご存じないでしょうね。胸に燃え盛っている私の思いを。

で知られる藤原実方は、次に述べるような事件によって、九九五年（長徳二）、左近衛中将《さこんえのちゅうじょう》から陸奥守《むつのかみ》に左遷《させん》されたといわれています。

その事件は、一条天皇（九八〇～一〇一一、在位九八六～一〇一一）の御代《みよ》に起こりました。実方は早い時期から花山院の側近歌人の一人であったといわれ、清少納言など当時の高名な女流歌人たちとも親交を結んでいましたが、あるとき殿上人《てんじょうびと》たちと連れだって東山へ桜を見に行ったと

ころ、突然にわか雨が降ってきました。人びとの立ち騒ぐなか、実方は桜の木のもとに立ち寄って、

桜狩《さくらがり》雨は降りきぬおなじくは濡《ぬ》るとも花の影に隠《かく》れむ　『拾遺《しゅうい》和歌集』

桜狩りをしていたら雨が降ってきた。同じことならば、濡れてもよいから花の陰に隠れよう。

と詠んで、ただ陶然《とうぜん》と桜の美しさに見とれ、梢《こずえ》から落ちてくる雨滴《あめしずく》に装束《しょうぞく》もびしょ濡れになっていたというのです。当時の観念からいえば風流これに極まれりという風流人の面目を偲《しの》ばせる行いでした。

のちにこの日のことを藤原斉信《なりのぶ》（九六七〜一〇三五）が一条天皇に詳細に報告し、最後に「実方は、何と風流な人でしょうか」と称揚して報告しました。それを傍《かたわ》らで聞いていた藤原行成《ゆきなり》（九七二〜一〇二七）が、和歌は面白いがその振舞いがおこがましいと評しました。斉信・行成は藤原公任《きんとう》・源俊賢《としかた》とともに四納言《しなごん》と称され、いずれも俊才の名の高かった文人ですが、実方はそれを漏れ聞いて怨《うら》みを抱いていたのでしょうか、あるとき些細《ささい》なことで行成と争い、手にしていた笏《しゃく》で行成の冠を打ち落としてしまいました。

天皇は実方の無礼を咎《とが》め、左近衛中将《さこんえのちゅうじょう》の官を削り、「歌枕見て参れとて陸奥国の守になしてぞ遣《つか》わされける」、つまり、歌枕を見て来なさいと実方を陸奥守に任じてみちのくに遣《つか》わしたというのです。みちのくに行って歌枕でも見たら、もっと風流を解するようになるだろうと

いうわけで、この時代すでにみちのくへの旅は、風流を意味するまでになっていたのです。実方の奥州下りについては、自ら願っての赴任、または名誉ある拝任であったという説もありますが、『新古今和歌集』には、藤原隆家《たかいえ》と実方の次のような応答歌が入っています。

実方朝臣陸奥国へ下《くだ》り侍《はべり》けるに、餞《はなむけ》すとてよみ侍ける

中納言隆家

別《わか》れ路《じ》はいつも嘆きの絶えせぬにいとゞ悲しき秋の夕暮

別れとは、いつも嘆きの絶えないものですが、いっそう悲しゅうございます。この秋の夕暮、あなたとお別れするのは。

返《かへ》し

実方朝臣

とゞまらんことは心にかなへどもいかにかせまし秋のさそふを

都にとどまることは願うところですけれども、さあどうしたものでしょう。暮れゆく秋が「一緒に行こう」と私を旅に誘うのを。

実方は、みちのくへ誘われる自分の心境を抑えがたいものであるといっています。当時、みちのくが風流を解する人びとにとっては憧憬の土地となっていたことが知られます。奥州に下った実方は、天皇のいいつけを守って歌枕の各地を回って、次のような和歌を残しています。

年を経てみ山隠《がく》れの郭公《ほととぎす》聞く人もなき音《ね》をのみぞ鳴く　『拾遺和歌集』

長年の間、山の奥に隠れている時鳥《ほととぎす》は、耳を傾けてくれる人もいないのに、声を立てて鳴いている。

やすらはで思ひ立ちにし東路《あずまじ》にありけるものかはゞかりの関　『後拾遺和歌集』

ためらうことなく決意して赴任してきた東国路に、何とまあ、その名も憚《はばか》りの関があったとはね。

みちのくの安達《あだち》の真弓《まゆみ》君にこそ思ひためたることも語らめ　（同）

これは陸奥の安達の真弓です。この弓を矯《た》めるように、あなたにこそたまっている胸の思いを語りたいものです。

いずれの和歌も、都から遠く離れた異郷の地にあって旅愁と哀愁をしみじみと感じさせますが、このような哀愁に応《こた》えた都の人びとの和歌も残されており、都には、彼の理解者や同情者も多かったものと考えられます。

実方の最期《さいご》については、平清盛《たいらのきよもり》の栄華を中心に源平二氏の興亡盛衰《こうぼうせいすい》を叙述した軍記物語である『源平盛衰記《げんぺいじょうすいき》』が、一節を割《さ》いています。それによるとみちのくに下《くだ》った実方が、あるとき、名取《なとり》（宮城県名取市）の笠島道祖神《かさじまどうそじん》の前に差しかかったところ、里人に「この神社の前は馬を降り参拝してから通るように」と言われたにもかかわらず、そのまま通り過ぎようとしたため神の怒りに触れて落馬し、それが元で死んだということです。

みちのくの阿古耶《あこや》の松をたずね得て身は朽ち人となるぞ悲しき

みちのくの阿古耶の松を訪ねてみることはできたが、松の千歳の齢《よわい》に比べてかぎりある身がこの地で朽ちるのは本当に悲しいことだ。

と無念の一首を残して、客死《かくし》したとも伝えられ、里人はこの死を悼《いた》んで墓を造り、さらに形見の薄《すすき》を植えて、実方中将を偲んだということです。

風流人である実方がみちのくの土に化したことにより、みちのくの風流は長く後世に伝えられていくことにもなりました。実方は、身をもってみちのく歌枕探訪に殉《じゅん》じた先達《せんだつ》ともいえ、実方の逸話に象徴される歌枕憧憬の精神は、能因法師のみちのく行脚《あんぎゃ》によってさらに増幅され、歌枕の国みちのくは広く都に喧伝《けんでん》されていきました。実方が没してからおよそ百五十年を経て、歌枕を訪ねてみちのくへやってきた西行法師は、味わい深い和歌を『新古今和歌集』にとどめています。

陸奥国《みちのくに》へまかりける野中に、目にたつさまなる塚の侍《はべり》けるを、問わせ侍ければ、これなん中将の塚と申すと答へければ、中将とはいづれの人ぞと問ひ侍ければ、実方朝臣の事となん申しけるに、冬の事にて、霜枯《しもが》れの薄《すすき》ほのぼの見えわたりて、おりふしものがなしうおぼえ侍りければ

朽ちもせぬその名ばかりをとゞめ置きて枯野の薄《すすき》形見にぞ見る

歌人として不朽の名声だけを残し置いて実方中将は、その身は陸奥の枯野に朽ちてしまわれた。わたしは今、枯野の霜枯れの薄を中将の形見として見るばかりだ。

西行が訪れてから五百五十年後、松尾芭蕉は、実方の墓を訪ねようとして果たせず、

笠島《かさじま》はいづこ五月《さつき》のぬかり道

五月のぬかり道をぬれながら旅する身。笠島は雨に煙ってどことも見分けにくいが、いったいどのあたりなのだろう。

と呼びかけています。みちのくへ旅をして歌枕の各地を訪ね、実方中将の墓を詣《もう》でることは、歌人や俳人たちにとってはあたかも聖地を訪れるように、敬虔《けいけん》な巡礼の趣《おもむき》すらおびていました。

葱坊主《ねぎぼうず》実方塚に詣でけり　梶賀千衣子
夕ざくら実方の塚その奥に　福田　雅子
身に沁むや実方塚の土の嵩《かさ》　上野さち子
まだ早きかたみの芒《すすき》読めぬ碑に　半沢　房子
去年《こぞ》の雨一碗に受け墓眠る　坂手美保子

五　彩りを添えた文人陸奥守

歌枕の国みちのくの成立には、多賀国府にかかわりを持った按察使や文人陸奥守、能因・西行・芭蕉ら漂泊の歌人・俳人たちが大きな役割を果たしました。みちのくの歴史と文化に彩りを添えた文人陸奥守について述べてみたいと思います。

小倉百人一首では、みちのくを歌枕に詠んだ和歌が四首あります。

みちのくのしのぶもぢずり誰故《たれゆえ》に乱れそめにし我ならなくに　『古今和歌集』源　融

我袖《わがそで》は潮干《しおひ》に見えぬ沖の石の人こそ知らねかはく間《ま》ぞなき　『千載和歌集』二条院讃岐《にじょういんさぬき》

私の袖は、引き潮の時にも見えない沖の石のように、思う人は知らないでしょうが涙に濡れて乾く間とてありませんよ。

契《ちぎ》りきなかたみに袖《そで》をしぼりつ、末の松山波こさじとは　『後拾遺和歌集』清原元輔《きよはらのもとすけ》互いに袖の涙を絞りながら約束しましたね、末の松山を波が越すことがないように、決して心変わりはすまいと。

見せばやな雄島《おじま》の海人《あま》の袖だにも濡《ぬ》れにぞ濡れし色はかはらず

『千載和歌集』殷富門院大輔《いんぷもんいんのたいふ》

この私の血の涙で色の変わった袖をお見せしたいものですよ、あの雄島の漁夫の袖でさえ、濡れに濡れたとしても色まで変わりませんのに。

「しのぶもじずり」は福島県信夫郡のもじずり、「沖の石」と「末の松山」は宮城県多賀城市、雄島は松島町にある歌枕です。源融は八六〇年代陸奥出羽按察使《あぜち》を拝命、京都賀茂川六条河原に風雅の限りを尽くした庭を造り、みちのくを広く都の人びとに喧伝《けんでん》しました。二条院讃岐（一一四一頃～一二一七頃）は、源頼政《よりまさ》の娘で、初め二条院に出仕し、院の没後、藤原重頼《しげより》の妻となって任国へ下向《げこう》しましたが、その後、後鳥羽院中宮任子《にんし》に仕え、間もなく辞して出家、千五百番歌合《うたあわせ》にも列《つら》なり当代一流の才媛《さいえん》といわれた人です。歌集に『二条院讃岐集』があります。清原元輔（九〇八～九九〇）は『枕草子《まくらのそうし》』の作者清少納言《せいしょうなごん》の父、『後撰《ごせん》和歌集』の撰者の一人で、家集に『元輔集』があります。殷富門院大輔（生没年不詳）は、後白河院の皇女殷富門院（一一四七～一二一六）に仕えた女房です。これらは四首とも遠くみちのくに思いを馳せて詠んだ和歌です。

七四九年（天平二一）陸奥守の任にあった百済王敬福《くだらのこしききょうふく》は、わが国初めての小田郡（宮城県涌谷《わくや》町）

産出の黄金九百両を、盧舎那仏《るしゃなぶつ》建造中の聖武《しょうむ》天皇に献上、当時、越中守《えっちゅうのかみ》であった大伴家持《おおとものやかもち》（七一六～八五）は、わが国初の産金を祝し、

すめろきの御代《みよ》栄《さか》えむと東《あずま》なるみちのく山にくがね花咲く　『万葉集』

天皇の御代がますます栄えまさんしるしとして、東国みちのく山に黄金が花と咲きます。

と詠っています。

家持は、七八二年（延暦一）陸奥按察使鎮守府将軍のち持節征討将軍を拝命し、七八五年（延暦四）みちのくで没しますが、小倉百人一首に、次の和歌を残しています。

かささぎの渡せる橋に置く霜の白きを見れば夜ぞふけにける　『新古今和歌集』

鵲《かささぎ》が架けたという大空の橋に霜が置いて白々とさえているのを見ると、夜もすっかりふけたことだ。

七百年代後半、征夷大将軍の任にあった坂上《さかのうえの》田村麻呂《たむらまろ》（七五八～八一一）は、征討軍を岩手県中北部に進め胆沢《いさわ》城を造営するとともに、降伏した蝦夷《えぞ》の首長大墓公阿弖利為《たものきみあてるい》、盤具公母礼《ばんぐのきみもれ》を伴い上京し二人の助命嘆願に心を砕きましたが、その思いがかなわず二人は処刑されました。京都に清水《きよみず》寺を建立、また東北各地に田村麻呂伝説を残しています。

八四〇年代陸奥守を拝任した小野篁《おののたかむら》（八〇二～五二）は、小倉百人一首に、次の和歌をとどめています。

わたの原八十島《やそしま》かけてこぎいでぬと人にはつげよ海人《あま》のつり舟　『古今和歌集』

大海を多くの島々めざして漕ぎ出てしまったと、都の人びとには告げてくれ、漁師の釣舟よ。

篁は、弘仁年中（八一〇〜二三）、父の任国陸奥に下り、騎馬をのみ事とし、学を省みなかったので、嵯峨《さが》天皇は、「この人の子にしてなほ弓馬の士たらんか」と嘆じました。篁はそれを聞いて悔い改め、学問に精進しました。その文章は一世を冠絶し、詩情は白楽天《はくらくてん》（白居易《はくきょい》）に通じるものがあると嵯峨天皇から驚嘆されたといわれます。白居易《はくきょい》（七七二〜八四六）は中唐の詩人で字は楽天。その詩は流麗で平易、広く愛誦され、わが国の平安朝時代文学にも多大な影響を与えました。「長恨歌」「琵琶行」などが広く知られています。

篁は母に孝行を尽し友情も厚かった反面、直情径行、狷介不羈《けんかいふき》で世に入れられないところがあって、野狂《やきょう》と呼ばれました。遣唐使副使として出発の際、大使藤原常嗣《つねつぐ》と乗船のことに関して朝廷の処置に憤怒《ふんぬ》し、病と称して乗船しませんでした。「西道謡《さいどうよう》」を賦して遣唐のことを風刺《ふうし》し、そのために隠岐《おき》（島根県）に配流されることとなり、「謫行吟七十韻《たくこうぎん》」を作りました。『古今和歌集』にある次の二首は、このとき詠んだものです。

わたの原八十島かけてこぎいでぬと人にはつげよ海人のつり舟　（羇旅）

思ひきや鄙《ひな》のわかれに衰《おとろ》へてあまの縄《なわ》たき漁《いさ》りせむとは　（雑歌）

思いもしなかった。遠い田舎への別れで衰え果てて、漁師の釣り縄を手ぐりのばして漁をするようになろうとは。

八八五年頃陸奥出羽按察使を拝命した在原行平《ありわらのゆきひら》（八一八〜九三）は、小倉百人一首に次の和歌を残しました。

立ちわかれいなばの山の峰《みね》に生《お》ふるまつとしきかば今かへりこむ　『古今和歌集』

こうして出発して別れて行っても、任地因幡国《いなばのくに》（鳥取県東部）の、稲羽山に多く生えている松―その「まつ」という名のようにあなたがひたすら待っていると聞いたならば、すぐにも帰って来ましょう。

また、行平は、

わくらばに問《と》人あらば須磨《すま》の浦にもしほたれつゝ侘《わ》ぶとこたへよ　『古今和歌集』

たまたま聞く人があったならば、藻を焼いて塩を採ると言い習わすあの須磨の浦で、泣く泣くわび暮らしていると答えてくださいよ。

と詠んでおり、この和歌を中心とした須磨の生活は伝説的要素をおび『源氏物語』に採られ、能の「松風《まつかぜ》」のテーマとなっています。『源氏物語』の「松風」は、大井河畔の旧邸での明石入道と明石上との別離および源氏の同邸訪問を中心とした物語です。能の「松風」は、田楽能の古曲「汐汲《しおくみ》」を踏まえ、観阿弥《かんあみ》作曲の一節をも取り入れて、世阿弥が改作したものとされ、須磨浦の汐汲女松風・村雨の姉妹が在原行平に愛されたことを脚色したものです。

九三〇年頃陸奥守となった藤原元善《もとよし》は、みちのくに次の和歌をとどめています。

栽《うゑ》し時 契《ちぎり》やし剣武隈《けんたけくま》の松をふたゝび逢ひ見つる哉《かな》　『後撰《ごせん》和歌集』

植えた時に、また逢い見ようと契ったのだろうか。そんなことはなかったのに、こうして武隈の松を再び逢い見たことであるよ。

九九五年（長徳二）陸奥守を拝任した藤原実方は、小倉百人一首に次の和歌を残しています。

かくとだにえやはいぶきのさしも草《ぐさ》さしも知らじな燃ゆる思ひを　『後拾遺和歌集』

実方はみちのくの歌枕を見て回り、その時詠んだ和歌を勅撰和歌集に残しますが、九九八年（長徳四）悲運のうちにみちのくに没しました。

実方が陸奥守に任じられた際、源重之《しげゆき》（生年未詳～一〇〇〇頃）がともにみちのくに下り、みちのくを愛でた和歌を残しその地で没しました。平安中期の歌人源重之は、相模権守《さがみのごんのかみ》、のち肥前（佐賀県と長崎県の一部）、筑紫（福岡県）の国司を歴任しますが、冷泉《れいぜい》天皇がまだ東宮であったとき、現存する百首歌としては最も古いとされる「帯刀先生《たてわきせんじょう》」を献上しており、家集に『重之集』があります。小倉百人一首には、次の和歌をとどめています。

風をいたみ岩うつ波のをのれのみ砕《くだ》けてものをおもふころかな　『詞花和歌集』

風が激しいので、岩に打ちつける波が自分だけ砕け散るように、思う人はつれなくて、ただ、我のみひとり胸の砕けてさまざまに物思いに悩むこの頃であるよ。

また、一〇八〇年頃陸奥守となった橘為仲《ためなか》（生年未詳～一〇八五）は、任果てて都へ戻る途中、武隈のもとに立ち寄って、次の和歌をみちのくにとどめています。

ふるさとへ我はかへりぬ武隈のまつとは誰につげよとかおもふ　『詞花和歌集』

わが妻の待つ古里へ私は帰ってしまうのだ。それなのに、武隈の松は「待っています」と言う、誰に伝えてほしいと思っているのかなあ。

為仲について、和歌に関する故実や歌人の逸話、詠歌の心得などを記した歌人鴨長明《かものちょうめい》（一一五五～一二一六）の『無名抄《むみょうしょう》』は、次のように伝えています。

「為仲任果てて上ぼりける時、宮城野の萩を掘り取りて、長櫃《ながびつ》十二号に入れて持て上りければ、人あまねく聞きて京へ入りける日は、二条大路にこれを見物にして多く集まりて、車などもあまたたてたりけるとぞ」と入京の日を伝え聞いた都の人びとが、二条大路まで迎えに出たというエピソードが記され、王朝人たちのみちのくへの憧憬の一端を知ることができます。

一〇八三年（永保三）陸奥守となった源義家《よしいえ》（一〇三九～一一〇六）は、

吹く風を勿来《なこそ》の関と思へども道もせに散る山桜かな　『千載和歌集』

「来る勿《なか》れ」という名のこの勿来の関には花を散らす風も吹くなかれと思うのだが、道も狭くなるほど一面に散ってくる山桜だなあ。

という和歌を詠んでいます。勿来関（福島県いわき市）の名は古代から奥羽三関の一つとして、白《しら》河関《かわのせき》（福島県白河市）、念《ね》珠《ず》ヶ関・鼠ヶ関（山形県温海町）とともに知られていて、この源義家の和歌によって特に有名です。また義家の人柄を語る次のようなエピソードも伝えられています。前九年の役（一〇五一～六二）のとき衣川の館で敗れて敗走する貞任《さだとう》を追った義家は、弓に矢をつがえて「引き返せ、物言わん」と呼び止めたところ、貞任が振り向いたので、「衣《ころも》のたてはほころびにけり」と詠《うた》いかけると、貞任は即座に「年をへし糸のみだれのくるしさに」と上句をつけたので、義家は感心して矢を外して引き上げた、という話が、鎌倉時代の説話集である『古《こ》今著聞集《こんちょもんじゅう》』に載っています。

『古今著聞集』は、橘　成季《たちばなのなりすえ》撰による二十巻三十編からなる説話集で、一二五四年（建長六）に成立しました。十二世紀前半に成立したといわれ「今は昔」ではじまる日本最大の古代説話集である『今昔《こんじゃく》物語集』、十三世紀前半に成立されたとされる天竺《てんじく》（インドの古称）・震旦《しんたん》（中国の異称）・本朝にわたる百九十七話を収めた『宇治拾遺《うじしゅうい》物語』、大江匡房《おおえまさふさ》談・藤原実兼筆録の平安中期以後の公事・摂関家事・仏神事・詩事などの記事をおさめた六巻からなる『江談抄《こうだんしょう》』、一二五二年（建長四）に成立したといわれる和漢・古今の教訓的な説話を十項目に分けて収録した『十訓抄《じっきんしょう》』などの説話をも採り入れ、わが国の説話を題材別に分類収録したものです。

また捕らわれて京都に連れられた宗任《むねとう》が、都びとから梅の花を示され、これは何かとからかわれたとき、

　わが国の梅の花とはみたれどもおほみや人は何というらん

わが国を代表する梅の花ですが、京都のあなた方は何と呼んでいるのですか。みちのくの人だって梅

の美しさは知っていますよ。

と即詠し、都びとをして顔色なからしめたと『平家物語』に記載されています。『平家物語』は、平家一門の栄華と没落・滅亡を描き、仏教の因果観・無常観を基調とし、和漢混淆文《わかんこんこうぶん》に対話を交えた散文体の一種の叙事詩です。

この歌の碑が勿来関跡の碑と並んで、そこに建てられています。勿来もまた歌枕です。勿来、つまり「来ること勿《なか》れ、蝦夷《えみし》よ」の原義の拒む意味が、恋歌のなかに採り入れられました。

聞く度に勿来関の名もつらし行ては帰る身に知られつゝ

『新後撰和歌集』後嵯峨院御製

このように多彩な文人官僚たちによって歌枕のくにみちのくが確固たる地位を確立していったのです。文人官僚がさまざまな思いをよせたみちのくは、春爛漫の季節を迎えました。

葉桜の勿来を北へ旅の汽車　石塚　友一

遠海や勿来の関の桜五分　小坂　順子

潮音《ちょうおん》はあらず勿来の昼蛙　岡野　等

関守もなくて勿来の山つつじ　藤井　葉子

青萩の袖染むばかり勿来越ゆ　野澤　節子

六　能因法師の旅

歌枕の国みちのくの成立には、漂泊の歌人や旅人らも大きな役割を果たしました。能因（九八八～没年未詳）がみちのくに残した和歌を辿ってみたいと思います。小倉百人一首の、

あらし吹くみ室《むろ》の山の紅葉《もみじ》ばは龍田《たつた》の川の錦《にしき》なりけり　『後拾遺和歌集』

激しい風が吹くみ室の山のもみじ葉は、麓を流れる龍田川をまるで錦のようにかざっている。

で知られる能因は、二度みちのくへやって来たといわれています。能因は俗名　橘　永愷《たちばなのながやす》。和歌を藤原長能《ながとう》に学んだのち仏門に入り、摂津国古曽部《こそべ》（大阪府高槻市）に住みました。各地を訪れて雅交を重ね、歌語《かご》や歌名所を解説した『能因歌枕』を著しており、その中で、陸奥国を山城（京都府南部）、大和（奈良県）に次ぐ第三の歌枕の国と位置づけています。能因は、藤原実方より半世紀後の当時屈指の歌人で陸奥、伊予《いよ》（愛媛県）その他の諸国を旅していることが知られ、平安中期における漂泊の歌人として知られています。歌会作法・故実・逸話などを集めた藤原清

輔の歌学書である『袋草子《ふくろぞうし》』（一一五七頃成立）によると、能因は常に人に向かって「数奇給へ、すきぬれば歌はよむ」とそれとなくいさめたといわれ、歌道に対する彼の情熱がうかがい知れます。

古代の旅人は奥羽に入るには、三つの何れかの関を越さねばなりませんでした。白河関（福島県白河市）、勿来関（福島県いわき市）、念珠ケ関・鼠ケ関（山形県温海町）ですが、実方が没して三十年後（一〇二五頃）、能因は白河関を越えました。

都をば霞《かすみ》とともに立ちしかど秋風ぞ吹く白河の関　『後拾遺和歌集』

と詠んでいますが、どんな気持ちで能因は白河関を越えたことでしょうか。

『後拾遺和歌集』には、「陸奥《みちのく》にまかり下りけるに白河の関にてよみ侍りける」と詞《ことば》書きがあってこの和歌を載せています。橘成季《なりすえ》撰の鎌倉時代の『古今著聞集』は、エピソードとして、能因が都に籠居《ろうきょ》して人に会わずひそかに色を黒くしあたかも陸奥国の旅から帰ったかの如く偽って披露した和歌と伝えています。この伝説は裏を返せば、いかに白河関が都の人たちの憧《しょう》憬《けい》する所であったかということです。また、『袋草子《ふくろぞうし》』によると竹田国行という人が陸奥に下り、白河関を越えるおり、服装を改めたので、人びとはその理由を尋ねたところ「古曽部入道が、秋風ぞ吹く白河の関と詠まれたところをどうして平服で過ぎることができようか」と答えたと伝えています。このように歌枕の秀歌に対しては、ほとんど信仰にも近い憧憬があったのかもしれません。能因が訪れる数十年前、平兼盛《かねもり》（生年未詳〜九九〇）が白河関を越えました。

たよりあらばいかで都へ告げやらむけふ白河の関は越えぬと　『拾遺和歌集』

たよりができたならば、どうにかして都へ知らせてやりたいものだ。今日あの有名な白河の関を越えたと。

兼盛の和歌は、距離的に遠く離れた故郷（家郷）に思いを寄せて詠んだものですが、能因は漂泊の思いを距離だけでなく時間的経過もその中に込めて詠んでおり、旅愁はさらに深みをましています。白河の呼び方は、都とみちのくの距離を埋める言葉であり、そこには魔性をも感じさせ、趣深い数多くの秀歌や秀句も詠まれています。白河関を越えた能因は安積山《あさかやま》、安達太良《あだたら》、会津嶺《あいづね》（磐梯山）を遠くに見ながら阿武隈川を越えました。

安達太良に雪新たなる幟《のぼり》かな　肥田埜勝美

磐梯の全容迫る野焼かな　小山　祐司

磐梯の弥六の沼の遅桜　遠藤　梧逸

宮城に入ってまもなく武隈《たけくま》の松（宮城県岩沼市）に差しかかります。

武隈の松はこのたびあともなし千歳《ちとせ》をへてやわれは来つらん　『後拾遺和歌集』

武隈の松は今度来てみると跡形もないよ。私は千年もたって再びこの地に来たのだろうか。そうではないのに。

武隈の松のある岩沼市は、古くから竹駒神社の所在地として知られ、京都府の伏見稲荷《ふしみいなり》、愛知県の豊川《とよかわ》稲荷と並び称された竹駒稲荷のある場所です。縁起によれば八四二年（承和九）に陸奥守小野篁《おののたかむら》が、東北開拓の神としてこの地に社殿を建立、武隈明神と称しました。能因法師が陸奥に行脚してこの地にいたり、竹馬《ちくば》に乗った童子《どうじ》（明神の化身《けしん》）に会い歌道の奥義《おうぎ》を悟ったといわれ、竹駒神社と称されるようになったといわれています。

野田の玉川（多賀城市・塩竈市）では、次の和歌をとどめています。

ゆふされば潮風《しおかぜ》越してみちのくの野田の玉川千鳥《ちどり》なくなり　『新古今和歌集』

夕方になると潮風が離れた海から吹いてきて、陸奥の玉川に千鳥が鳴いているよ。

野田の玉川（千鳥の玉川）は、井手《いで》の玉川（京都府綴喜《つづき》郡井手町）、野路の玉川・萩の玉川（滋賀県草津市南部）、高野の玉川（和歌山県高野山奥院大師廟畔の細流）、多摩川・調布の玉川（東京都）、玉川の里（大阪府高槻市南部）とともに六玉川の一つとして古来名高く、また千鳥の名所として知られています。荒涼とした冬の玉川の風情も幾人かの著名な歌人に詠まれることによって、名前を高めました。

光そふ野田の玉川月きよみゆふしほ千鳥夜半に鳴くなり　『後鳥羽院御集』

月が清いので、光が加わる野田の玉川の、夕方満ちてくる潮の上を飛んで来た千鳥が、夜半に至って鳴いているようだよ。

みちのくの野田の玉川みわたせば汐風こしてこほる月影　『続古《しょく》今和歌集』順徳天皇

みちのくの野田の玉川を見渡すと、汐風が離れた海から吹いて来て、月の光も凍ることだよ。

出羽国に足をのばした能因は、

世の中はかくても経《へ》けり象潟《きさかた》の海士《あま》の苫屋《とまや》を我が宿《やど》にして　『後拾遺和歌集』

この世はこんな状態でも過ごせるのだな。この象潟の海人の小屋を自分の宿りとして。

と詠んでおり、能因が三年間隠棲《いんせい》したと伝えられる能因島を、芭蕉は到着後すぐに訪れています。象潟は松島と並んでその景勝を謳《うた》われ、『奥の細道』に次のように記されています。

江《え》の縦横《じゅうおう》一里ばかり、俤《おもかげ》松島にかよひて、また異《こと》なり。松島は笑ふがごとく、象潟はうらむがごとし。寂しさに悲しみを加へて、地勢《ちぜい》魂をなやますに似たり。

象潟や雨に西施《せいし》が合歓《ねむ》の花　芭蕉

汐越《しほこし》や鶴はぎぬれて海涼し

海面はたてよこ一里ぐらいで、全貌は松島に似通ったところもあり、一方は全く異なったようにも感じられる。松島は笑っているような明るさがあり、象潟はうらんでいるような哀感がある。寂しさにもの悲しさが加わって、その風景は、松島とちがって何か美人の胸を病む面影を連想させるものがある。

象潟の雨にぬれた合歓《ねむ》の花を見ていると、西施が悩ましげに目を閉じている姿がうかんでくる。

（註）西施　春秋時代の越の美女。越王勾践《こうせん》が呉に敗れて後、呉王夫差の許に献ぜられ、夫差は西施の色に溺れて国を傾けるにいたったといわれる。胸の病のために苦しげに眉をひそめた姿も美しかったといわれる。

汐越の浅瀬に鶴が下り立っている。その鶴の足を見て、あれこそほんとうの「鶴はぎ」だとおかしくなるが、その「鶴はぎ」の波に洗われているように、思わず救われたような涼しさをおぼえる。

（註）鶴脛《つるはぎ》　衣の丈が短くて、膝が長くあらわれていること。

能因や芭蕉の訪れた名勝象潟は、一八〇四年（文化一）鳥海山噴火による大地震によって地形は一変、一夜にして土地は隆起し、今は水田の中に島々が点在して往時の面影をとどめているに過ぎませんが、多くの秀句も残されています。

初午の颪まだ寒き梧逸句碑　　玉川　鴦鳴
神留守の子授け石を遠く掃く　　原田　青児
照りくもり末の松山麦の秋　　赤沼山舟生
象潟や雨誘《いざ》なへずすみれ草　　河野多希女
象潟に見たる椿と百姓ら　　飯田　蛇笏

七　西行の旅

小倉百人一首の、

なげけとて月やはものを思はするかこち顔なる我涙《わがなみだ》かな　『千載和歌集』

嘆《なげ》けといって月がもの思いをさせるのだろうか、いや、そうではない。つれない恋人ゆえである。それなのに月のせいにして、かこつけがましくこぼれ落ちるわが涙であるよ。

で知られる西行（一一一八〜九〇）は、俗名を佐藤義清《のりきよ》といい、若かりし頃、北面《ほくめん》の武士（院の御所の北面で警護に当たった武士）として鳥羽上皇の側近く仕えていましたが、高貴な女性に恋でもしたのでしょうか。二十三歳のとき突如上皇のもとを辞して出家をし、以来半世紀にわたる漂泊の旅をつづけ、河内国《かわちのくに》（大阪府東部）の弘川寺で没しました。『新古今和歌集』には、収録歌人のなかで最も多い九十四首もの和歌が採られています。

みちのくには二度訪れ、最初に来た二十六歳の頃は、能因の足跡を辿る風雅探訪と平泉二代藤原基衡《もとひら》に会うことが旅の目的でした。二度目のときは一一八〇年（治承四）平重衡《たいらのしげひら》による南《なん》都征討《とせいとう》で消失した東大寺再建の、資金援助を三代秀衡に会って依頼するための旅でした。西行はこのような生涯を通して、多くのみちのくの和歌を残すことになったのです。

出家して間もない頃と思われますが、先行きへの不安を感じていたものか、

鈴鹿《すずか》山うき世をよそにふり捨てていかになりゆくわが身なるらん

憂き世を関係ないものとしてふり捨てて出家した自分は、今こうして鈴鹿山を越えてゆくが、今後どのようになりゆく身であろうか。

という和歌を残しており、また、漂白の旅の人生の中頃には、

さびしさにたへたる人のまたもあれな庵《いおり》ならべん冬の山里

この閑居《かんきょ》の寂しさに耐えている人がほかにもあってほしいものだ。そうしたら、この冬の寂しい山里に庵を並べて住もうものを。

という和歌を詠んでいます。

西行の家集である『山家集《さんかしゅう》』からその跡を辿ってみたいと思います。白河関を越えた西行は、二つの和歌を詠んでいます。（参考『山家集』新潮日本古典集成）

みちの国へ修行してまかりけるに、白河の関に留《とど》まりて、所柄《ところがら》にや、常よりも月おもしろくあはれ

にて、能因が「秋風ぞ吹く」と申しけん折、何時《いつ》なりけんと思ひ出でられて、名残《なご》り多くおぼえければ

関屋の柱に書きつける

白河の関谷《せきや》を月のもる影は人の心を留《と》むるなりけり

白河の関守の住む家に漏れ入る月の光は、能因の昔を思い出させ、旅人の心をひきとめて立ち去り難くさせることだ。

関に入りて、信夫《しのぶ》と申すわたり、あらぬ世のことにおぼえてあはれなり。都出でし日数思ひ続けられて「霞とともに」と侍ることの跡、辿《たど》りまで来にける

心一つに思ひ知られて詠《よ》みける

都出でて逢坂《おうさか》越えしをりまでは心かすめし白河の関

都を出立して逢坂の関をこえた時までは、折々心をかすめた程度だった白河の関のことを、その後はひたすら思い続け、今こうして辿りついた。

西行は、安積山、安達太良、会津嶺（磐梯山）を遠くにみながら阿武隈《あぶくま》川を越え、武隈《たけくま》の松（宮城県岩沼市）に差しかかります。

枯れにける松なき跡の武隈はみきと言ひてもかひなかるべし

枯れてしまって松の姿の跡形すらない武隈は、「見き」といっても、「みきとこたへん」と詠まれたその幹はなく、甲斐のないことであろう。

と詠んでいます。名取では、藤原実方の墓を詣でました。

名取川岸の紅葉《もみじ》のうつる影はおなじ錦を底にさへ敷く

名取川では、岸の紅葉が川面に影を映しているが、その影は岸の紅葉と同じ錦を川底にまで敷いているように見えることだ。

朽《く》ちもせぬその名ばかりをとゞめ置きて枯野の薄《すすき》形見にぞみる

そして宮城野（仙台市）に入ってきます。

萩が枝の露ためず吹く秋風に牡鹿《おじか》なくなり宮城野の原

宮城野の原では、萩の枝に結ぶ露をそのままにしておくことなく秋風が絶えず吹いているが、牝鹿を慕う牡鹿の声がその風にのって聞こえてくる。

と詠み、続いて多賀城（多賀城市）に入ります。多賀城は歌枕の宝庫です。

旧《ふ》りたる棚橋《たなはし》を紅葉の埋みたりける、渡りにくくて、やすらはれて（紅葉を踏むのが惜しく渡るのがためらわれ）、人に尋ねければ、おもはくの橋

と申すはこれなりと申しけるを聞きて

踏《ふ》まま憂《う》き紅葉《もみじ》の錦《にしき》散りしきて人も通はぬおもはくの橋

踏むのが心傷むように、橋の上を紅葉の葉が錦のように散り積もっていて、人は誰も憚《はばか》っておもわくの橋を通らない。

陸奥《みちのく》のおくゆかしくぞおもほゆる壺《つぼ》のいしぶみ外の浜風

陸奥の更に奥の方には、行ってよく知りたいと思われるところがたくさんある。壺の碑とか、外の浜風とか。

陸奥国《むつのくに》から出羽国《でわのくに》を訪れたとき、山寺で詠んだ和歌です。

またの年の三月に、出羽《いでは》の国に越えて、滝の山と申す山寺に侍りけるに、桜の常より薄紅《うすくれない》の色濃き花にて、並み立てりけるを、寺の人々も見興じければ

たぐひなき思ひいではの桜かな薄紅《うすくれない》の花のにほいは

比類のない思い出となる出羽国の桜であることよ。普通よりも薄紅の色の濃い花の美しさは。

最上川を歌枕に詠んだ和歌も見えます。

強く引く綱手と見せよ最上川そのいな舟のいかりをさめて

最上川の稲舟の碇を上げるごとく、「否」と仰せの院のお怒りをおおさめ下さいまして、稲舟を強く引く綱手をご覧下さいー私の切なるお願いをおきき届けください。

平泉（岩手県平泉町）では、

聞きもせず東稲山《たばしねやま》の桜花吉野のほかにかかるべしとは

あの名高い吉野のほかに、東稲山のようなこれほどすばらしい桜の名所があろうとは、いまだ聞いたこともなかったことだ。

東稲山に爛漫《らんまん》と咲き誇る桜の花にこと寄せながら、京の都の外に豪華絢爛《ごうかけんらん》と咲き誇る平泉文化を見いだした感動を詠んだ和歌ともいわれています。

それから四十数年を経て、西行は再び平泉を訪れました。それは一一八〇年（治承四）平重衡による南都征討で消失した東大寺再建の資金援助を受けるため、三代秀衡を訪ねての旅でしたが、よほど老いの身に旅の辛さを感じたものか、

とりわきて心もしみて冴《さ》えぞわたる衣川《ころもがわ》見にきたる今日しも

衣川を見に来た今日は今日とて、雪が降って格別寒い上、その寒さはとりわけ心にまでしみわたってくる。

時に西行六十九歳。冬枯れの衣川のほとりに立って、漂白の旅の辛さとは別に、心に去来する何かがあったのでしょうか。それは、あるいは藤原氏の命運が尽きることの予感だったかも知れません。秀衡は西行とあった翌年、義経や泰衡のことを案じながら波乱に満ちた生涯を終えています。奥州藤原氏が滅んだのはその二年後です。後を追うように翌一一九〇年（文治六）に西行は、

　願はくは花のしたにて春死なんそのきさらぎの望月《もちづき》の頃　　　若山牧水

　どうか、春の桜の花の咲く下で死にたいものだ。釈迦が入滅なさった、二月十五日頃に。

という辞世の和歌を残して示寂《じじゃく》するのですが、西行は、どのような想いで平泉藤原氏の落日を見たことでしょうか。

　西行の生きた平安末期は、国家を支えた荘園《しょうえん》制度が崩れ、急速に武士が台頭し、保元《ほうげん》・平《へい》治《じ》の乱を通じて平清盛《きよもり》が六波羅《ろくはら》政権を樹立、その後源平の合戦を経て平家が滅び、平泉藤原氏も滅ぶ、そういう時代でした。どんな思いで西行は人の世の栄枯盛衰を見たことでしょうか。西行が訪れた平泉は、藤原氏の滅んだ後、時の流れを停止したように今に往時の面影を伝えています。

　かたはらに秋ぐさの花かたるらくほろびしものはなつかしきかな

　栞《しおり》して山家集あり西行忌　　　高浜　虚子

杖ついて畳を歩く西行忌　遠藤　梧逸
花あれば西行の日と思ふべし　角川　源義
さみだれや平泉村真の闇　山口　青邨
伽羅《きやら》御所の西行桜葉となれる　不破　洋子
高館の断崖を吹く青嵐　野見山ひふみ
夏霧のとどまるよどみ衣川　河野多希女
麦秋《ばくしゅう》の丘を重ねし柳御所　原田　青児

八　万葉集時代の大歌人とみちのく

　みちのくが平安朝文学の素材として特色ある一地域を形成するさらに一昔前、みちのくは我が国初の産金地として注目されていました。当時は、第四十五代聖武《しょうむ》天皇（七〇一～五六、在位七二四～四九）の御代《みよ》で、天平《てんぴょう》文化の華やかな空気に包まれていた時代でした。政治的背景は長屋《ながや》王《おう》を中心とする皇親《こうしん》政治（天皇の親族が実権を握る政治）から、藤原武智麻呂《むちまろ》を中心とする藤原氏政権へ、その後、武智麻呂など藤原不比等《ふひと》の子四人の病没により出現した橘　諸兄《たちばなのもろえ》らの皇親政治へと続きます。七二九年（神亀六）長屋王事件があって、七三七年（天平九）には藤原不比等の四子、房前《ふささき》・麻呂《まろ》・武智麻呂・宇合《うまかい》が相次いで亡くなると、天皇は唐の留学から帰国した吉備真備《きびのまきび》、僧玄昉《げんぼう》らを重用するようになり、七四〇年（天平一二）この二人を政権から排除し、藤原氏の勢力を挽回しようとする藤原広嗣《ひろつぐ》の乱が起こります。

　それに加えて飢饉や二度にわたる天然痘の大流行などもあり、不安な要素が多く、世の中は末期的様相を呈しました。文化面では、諸国の国分寺の建立、興福寺・薬師寺各堂の建立、東大寺盧舎那仏《るしゃなぶつ》（大仏）の鋳造等、仏教美術を中心とする天平文化が咲き誇ります。

このような時期に、聖武天皇が国分寺《こくぶんじ》、国分尼寺《こくぶんにじ》の造営や大仏の鋳造を行ったのは、皇太子の若死《わかじに》に、疫病《えきびょう》の流行などの悪事を退散させるために、光明《こうみょう》皇后（七〇一～六〇）が強く勧めたからといわれていますが、そのほかにも宮廷内の複雑な空気が、天皇をして仏教に厚く帰依《きえ》させるに至ったとも考えられています。光明皇后は藤原不比等の娘で幼児から聡明をうたわれ、のちの聖武天皇である首《おびと》皇太子の夫人となり、七二九年（天平一）臣下からは初めての皇后になりました。天皇とともに仏教を篤信し、悲田院《ひでんいん》や施薬院《せやくいん》を設け広く窮民救済を行ったことでも知られます。正倉院宝物《しょうそういんほうもつ》は、盧舎那仏に献ぜられた聖武天皇の遺品です。

しかしこれらの造営事業は膨大な経費がかかり、同じ時期、恭仁《くに》、信楽《しがらき》、難波《なにわ》などへの遷都も重なって、経済的逼迫が律令国家の体制を揺り動かし始めました。文化の繁栄は一方では国民に大きな犠牲を強いた時代でもあったのです。

そのような時代を生きた歌人に大伴旅人《たびと》の嫡子であった大伴家持《おおとものやかもち》（七一六～八五）がいます。大伴家は古来武をもって朝廷に仕えた家筋ですが、旅人、家持となると武将としてよりも、歌人として後世に名を残しています。旅人は、

世の中は空《むな》しきものと知る時しいよいよますます悲しかりけり　『万葉集』

世の中は、むなしいものだと知るにおよんで、いよいよますます悲しい思いがします。

子息の家持は、

かささぎの渡せる橋に置く霜の白きを見れば夜ぞふけにける　『新古今和歌集』

春の野に霞《かすみ》たなびきうら悲しこの夕かげに鶯《うぐいす》鳴くも　『万葉集』

春の野に霞がたなびき、もの悲しい。この夕暮れの光の中にうぐいすが鳴いているなあ。

亡き聖武天皇を偲んで詠んだ、

高円《たかまど》の野の上《うえ》の宮は荒れにけり立たしし君の御代遠《みよとお》そけば　『万葉集』

高円の野の上の宮も荒れ果ててしまった。よくたたずまれた先帝の御世が遠くなったので。

などの秀歌を残しています。

同時代の歌人としてもう一人忘れられないのが、「貧窮問答歌《ひんきゅうもんどうか》」などで知られる山上憶良《やまのうえのおくら》（六六〇～七三三頃）です。旅人と憶良とは歌風は違っていましたが、旅人が大宰府にいたとき、二人の出会いがあり、歌風の違いを越えて交流を深め和歌の道を極めていったのでした。

「貧窮問答歌」は、『万葉集』に収められている和歌で、貧窮の苦しさを問答の形で詠った長歌と、反歌一首で構成された生活に密着した特異な作品です。

世間《よのなか》を憂《う》しとやさしと思へども飛び立ちかねつ鳥にしあらねば

世の中を辛いとも、恥かしいとも思うけれども、飛びたって世の中から離れていってしまうことはで

　きない。鳥ではないのだから。

家持自身は、父の旅人や叔母の大伴坂上郎女《おおとものさかのうえのいらつめ》（生没年未詳）をはじめ学者ぞろいの家庭に生まれ、それらの人びとから大きな薫陶《くんとう》を受けて育ったものと考えられています。『万葉集』には、

　振放《ふりさ》けて若月《みかづき》見れば一目見し人の眉引《まよびき》思ほゆるかも

　　振り仰いで三日月を見ると、一目見た彼女の眉《まゆ》のさまが思い出される。

のような、美少女を思う繊細《せんさい》多感で素直な憧憬を詠った和歌も見られます。

さて父の旅人は大納言に任ぜられ都に帰りますが、翌年亡くなります。父の死によって若くして大伴家を継承した家持は、橘諸兄や大伴坂上郎女《おおとものさかのうえのいらつめ》らの薫陶と強いバックアップを受けて宮廷歌人として、多くの女性との恋愛贈答歌を交わすなど華やかな宮廷生活を送ります。そして橘諸兄の加護により、二十九歳の若さで越中守《えっちゅうのかみ》に任じられ、そこで五年間の生活を送ったのです。

当時の越中国は、能登半島をも包含した大国でした。しかし都から離れた寂しさはひときわだったのでしょうか。家持は、それを紛らすため、国庁にも多くの花を植え、またしばしば歌会を催すなど風雅に心を傾けたのです。この越中時代には二百二十三首の和歌が残され、花を素材とした和歌もたくさんあります。

『万葉集』には、

雄神《おかみ》川　紅《くれない》にほふをとめらし葦附《あしつき》とると瀬に立たすらし

雄神川が赤く輝いている。おとめらが、あしつき（水松《みる》の一種）を採りに瀬に立っているらしい。

立山《たちやま》の雪し消《く》らしも延槻《はいつき》の川の渡《わた》り瀬《ぜ》　鐙《あぶみ》漬《つ》かすも

立山の雪が消えているらしい。延槻の川の渡り瀬であぶみを水に濡らしたことだ。

春の苑《その》　紅《くれない》にほふ桃の花下《した》照《で》る道に出《い》で立つ娘子《おとめ》

春の園が紅にそまっていて、桃の花の下まで道が輝いている。その道にたたずむおとめよ。

もののふの八十《やそ》娘子《おとめ》らが汲《く》み乱《まが》ふ寺井《てらい》の上の堅香子《かたかご》の花

多くのおとめが、水を汲んで行き交う寺井のほとりのかたくりの花よ。

などの和歌が収められています。

当時都では、天皇が盧舎那仏《るしゃなぶつ》の建造を進めていました。金をすべて中国や朝鮮からの輸入に頼っていた時代で我が国では、金がたいへん不足していました。その困難を知った陸奥守の百済王敬福から、七四九年（天平二一）わが国初の小田郡（宮城県涌谷町）産出の黄金九百両が天皇に献上されたのです。天皇は非常に喜ばれ、天皇自ら皇后・皇太子以下文武百官を率いて東大寺大仏殿に行幸、この国家的慶事を仏前に奉謝し、さらに黄金産出を祝って、年号を天平感宝《てんぴょうかんぽう》元年と改元されたのです。

その噂を越中国《えっちゅうのくに》にいて聞いた家持は、国の末長い繁栄をことほいで、

すめろきの御代《みよ》栄えむと東《あずま》なるみちのく山にくがね花咲く　『万葉集』

と詠んでいます。

これからまもなく都に戻った家持は、小納言など内外の官につきましたが、藤原仲麻呂対反仲麻呂の息づまる政争のただ中に置かれ、年ごとに大伴家の命運と直接対決を迫られる状況に追い込まれるようになりました。光明皇后、その皇女《みこ》孝謙天皇に信頼された仲麻呂は反対派を倒して政権を掌握、やがて女婿大炊王《じょせいおおいおう》が淳仁《じゅんにん》天皇として即位すると、恵美押勝《えみのおしかつ》の姓名を賜り太政大臣になります。しかし位を淳仁天皇に譲って、自らは上皇となった孝謙上皇と次第に対立するようになっていきました。そして孝謙上皇が重用した僧道鏡を除こうとして仲麻呂が反乱を起こし、上皇方と戦って近江（滋賀県）で敗死したのは七六四年（天平宝字八）のことでした。その結果廃された淳仁天皇は淡路《あわじ》（兵庫県淡路島）に配流され、孝謙上皇が重祚《ちょうそ》（一度退位した天皇が再び位につくこと）し称徳《しょうとく》天皇として即位しました。

こうした争いに身を処して行かねばならない重責に加えて彼の性格もあって、家持は傷心《しょうしん》憂悶《ゆうもん》の日々を送ったようです。家持は、薩摩《さつま》（鹿児島県西部）、相模《さがみ》（神奈川県）、上総《かずさ》（千葉県中央部）、伊勢《いせ》（三重県）の国主等を歴任したのち、持節征東将軍《じせつせいとうしょうぐん》として陸奥鎮守府に赴任したのが七八二年（延暦一）、その三年後六十八歳のとき陸奥の地で没したといわれています。

現存する最古の歌集である万葉集は、成立年代、編者とも不明となっていますが、大伴家持が越中守時代から、橘諸兄の指示を受けてその編纂《へんさん》に当たったのではないかと推測されています。その完成を見ない間に諸兄が死んだため、彼の手元に草稿として残ったものが万葉集であるといわれます。

万葉集の名前の由来は、〝万（よろず）の言葉（ことのは）の集〟とする説と、〝万葉の集（遠い昔からの歌を収め、永久に伝えられるようにと祝福祈願をこめた集）〟とする説の二説があります。およそ四千五百首が収められ、家持の和歌は最も多く四百七十三首入っています。

この中ではっきりとみちのくの和歌とされるものは、長歌一首を除いて、次の九カ所を詠んだ十一首です。

安積香山《あさかやま》（福島県郡山市日和田町）

安積香山影さへ見ゆる山の井の浅き心をわが思《も》はなくに

安積香山の影までも写って見える山の泉は浅いことではありますが、私の心はそんなに浅くありません。それどころか、深く深くあなたを思っております。

安達太良《あだたら》（福島県安達太良山）

みちのくの安達太良真弓《まゆみ》弦著《つらは》けて引かばか人の吾《わ》を言《こと》なさむ

みちのくの安達太良の弓の弦《つる》を張って引くように、彼女を私の手もとに引き寄せたならば、人が私のことをいろいろ言いたてて噂することであろう。

みちのくの安達太良真弓弾《はじ》きおきて撥《せ》らしめ来なば弦著《つらは》かめかも

みちのくの安達太良の弦《つる》をはじいて、はねたままにしておいたならば、二度とまた弦を張ることができようか。彼女との間をつれなくそのままにしておいては、再び元へ戻すことはできなかろう。

安達太良の嶺《ね》に伏す鹿猪《しし》の在《あ》りつつも吾《あれ》は到らむ寝処《ねど》な去りそね

安達太良の嶺に伏す野獣が動いてゆくように、私もそんなふうにしてお前のところへ参りましょう。

だから共寝の場所を替えないで、そのままじっとしていておくれ。

会津嶺《あいづね》（福島県磐梯山）

会津嶺の国をさ遠《どほ》み逢《あ》はなはば偲《しの》ひにせもと紐結《ひもむす》ばさね

会津嶺は国を遠く離れている。そのように遠く離れて、あなたに逢えなくなったならば、そのときあなたを偲ぶよすがにいたしましょうから、下紐の緒《お》を結んでください。

可刀利《かとり》（福島県いわき市平）

筑紫《つくし》なるにほふ児《こ》ゆゑにみちのくの可刀利をとめの結《ゆ》ひし紐解《ひもと》く

筑紫の美しい少女ゆえに、みちのくの可刀利乙女が結んでくれた下紐だが、それを解くことにしよう。

比多潟《ひたがた》（福島県いわき市久之浜）

比多潟の磯《いそ》の若布《わかめ》の立ち乱《みだ》え吾《わ》をか待つなも昨日《きそ》も今宵《こよい》も

比多潟の磯のわかめが波に乱れているように、心乱れて昨日も今宵も私を待っているでしょう。

二つ沼（福島県双葉郡広野町）

沼《ぬま》二つ通《かよ》は鳥が巣《す》我《あ》が心二行《ふたゆ》くなもとなよ思《も》はりそね

二つの沼にある巣にそれぞれ鳥が通うように、私があなたのところ以外に心を移すと思ってくださるな。

松が浦（福島県相馬市松川浦）

松が浦にさわゑうらだちま人言《ひとごと》思ほすなもろわが思《も》ほのすも

松ヶ浦に波がさわ立つように人の噂がさわがしいのをうるさいと思われることでしょう。私が同様に思っているように。

真野《まの》（福島県相馬郡鹿島町）

みちのくの真野の草原《かやはら》遠けども面影にして見ゆといふものを　笠女郎《かさのいらつめ》

みちのくの真野の草原は都から遠いのだが、そのようにへだたっておりますけれど、心に思えばいつもその草原が面影になって見えると申します。それなのに近くに居るあなたは少しも姿をお見せになりません。

美知能久山《みちのく》（宮城県）

すめろきの御代栄えむと東《あずま》なるみちのく山にくがね花咲く　　大伴家持

家持は、七八五年（延暦四）多賀城で没しますが、持節征東将軍としてみちのくに赴任していた時代の和歌は一首も残されていません。没後まもなく藤原種継《たねつぐ》（七三七〜八五）が大伴一族に暗殺され、無実であったにもかかわらず、その罪を着せられた家持は死後、官位を剥奪《はくだつ》され、遺骨は隠岐島（島根県）に流されました。そのときすべての作品や資料も没収されたため、いまに残る和歌がないのだと思われます。

みちのくが和歌の世界に大きく登場するのは、『古今和歌集』に始まる次の時代を待たねばなりませんでした。

化女沼《けじょぬま》の風白鳥をはるかにす　　石崎　素秋
金花《こがね》佐久ゆめの万葉仮名涼し　　山田みづえ
冬田打つ栗駒颪《おろし》身にまとひ　　萱野志知郎
栗駒の山頂近き清水汲む　　小野　伊予
麦焼く火殖《ふ》え来て登米《とよま》町に入る　　原田　青児
篦岳《ののだけ》に吹きあげてくる青田風　　岩井　タカ
篦岳の霧はがしゆく風ゆるし　　柏原　眠雨

第二章　みちのくへ刻んだ旅の想い出

一　紀行文からみた東北のかたち

松尾芭蕉をはじめ、多くの文人墨客《ぼっかく》がみちのくを訪れ、優れた紀行文を残しました。その代表例を紹介しましょう。（参考『東北の街道』監修　渡辺信夫　無明舎）

『都のつと』は、南北朝時代（一三五〇年頃）の筑紫《つくし》（九州の古称）の僧宗久《そうきゅう》（生没年未詳）の紀行文です。筑紫を旅立った宗久が京を経て東国に下り、白河関から奥州路と巡った紀行文で、ところどころに和歌を交え、名取川、宮城野、末の松山、塩竈と遊歴したあと松島で筆を擱《お》くまでを描いています。これは中世のみちのくを知るうえで貴重な資料となっています。

『奥游日録《おうゆうにちろく》』は、土佐（高知県）出身の南画家中山高陽《なかやまこうよう》（一七一七〜八〇）の紀行文です。一七七二年（安永一）五十六歳の時、目黒行人坂《ぎょうにんざか》の大火で住まいを焼け出された高陽は、三月江戸を発《た》ち白河、仙台、松島、平泉を巡り、仙台に戻って二口《ふたくち》峠を越え山寺（立石寺《りっしゃくじ》）、三崎《みさき》峠から秋田の象潟《きさかた》に入り、酒田、尾花沢《おばなざわ》、塩竈を経て奥州街道を通り十月末江戸に戻っています。旅中

「塩竈観月図」「象潟図」などの書画を描きながらの旅であり、高陽に書画や詩文の教えを請う人びととの温かい心の交流も描かれ、この当時の文人趣味の流行をうかがい知ることができます。

『菅江真澄遊覧記《すがえますみゆうらんき》』は三河《みかわ》（愛知県東部）の人菅江真澄《すがえますみ》（一七五四〜一八二九、本名白井秀雄）の紀行文です。江戸後期の旅行家・民俗学者であった真澄は、自分の目でじかに陸奥、蝦夷地《えぞち》を確かめるため、一七八三年（天明三）信濃（長野県）から越後（新潟県）、庄内（山形県）へと入り、象潟に向かい湯沢などを通って青森まで足を伸ばしました。一七八七〜八八年（天明七〜八）にかけては、仙台、松島、平泉など宮城県や岩手県の地を巡り、宇鉄《うてつ》（青森県三厩《みんまや》村）から乗船し松前（北海道）へ渡りました。一八〇一年（享和一）には再度秋田入りをし、没するまでほとんど秋田にとどまりました。四十六年間を異郷の地で暮らし、見聞したことを図絵をもってまとめたものです。「遠い国をさすらい歩き、徳岡（岩手県胆沢町）という里にあって新年を迎えた」り、「花を待って、大原の里（岩手県大東町）に滞在していた」（「かすむ駒形」）りしながら、人びとの日常をきめ細かい筆で写しとりました。

『東遊記《とうゆうき》』は伊勢国（三重県）出身の橘南谿《なんけい》（一七五三〜一八〇五）の紀行文で、一七八五年（天明五）から翌年にかけ、新潟、村上、鶴岡、酒田を経て秋田に向かい、羽州街道沿いに矢立《やたて》峠を越えて津軽に入り、弘前、三厩《みんまや》、青森、野辺地《のへじ》、七戸、盛岡と奥州街道を歩いて仙台、白石、福島を回って江戸へ帰るまでの佳話《かわ》・異聞《いぶん》を医術修業をする者の眼で紹介した日本発見の記録です。

『東遊雑記《とうゆうざっき》』は備中国《びっちゅうのくに》（岡山県西部）生まれの江戸中期の地理学者古川古松軒《ふるかわこしょうけん》（一七二六〜一八〇七）の紀行文で、一七八八年（天明八）諸国の藩政や民情を視察するため幕府から任命された巡見使《じゅんけんし》に随行して、出羽、陸奥および松前・蝦夷《えぞ》地の境までの風俗、名所旧跡などを視察した見聞録です。

『北行日記《ほっこう》』は、ロシアの侵入の警報の噂に憂国の情に駆られた上野国《こうずけのくに》（群馬県）生まれの高山彦九郎《たかやまひこくろう》（一七四七〜九三）の北遊の旅日記です。一七九〇年（寛政二）六月江戸を発ち、房総《ぼうそう》・常陸《ひたち》の水戸から磐城《いわき》に出て、出羽から津軽半島の宇鉄、青森、盛岡、平泉を経て仙台に到り林子平《はやししへい》（一七三八〜九三）と深夜まで語り合ったといわれます。二十七歳から四十七歳までの間、夜を徹してあるいは路傍に腰掛けてまで日記を書いたと伝えられています。海外事情に注目しつつ『三国通覧図説《さんごくつうらんずせつ》』『海国兵談《かいこくへいだん》』などを著し、世人を覚醒させようとして幕府の忌諱《きき》にふれ蟄居《ちっきょ》した林子平《はやししへい》、歴代天皇陵を調査して『山陵志《さんりょうし》』を著し、ロシアが北辺を侵すと聞いて『不恤緯《ふじゅつい》』を著して沿海防衛の必要性を説いた蒲生君平《がもうくんぺい》（一七六八〜一八一三）とともに、寛政の三奇人の一人といわれた彦九郎は、勤王・海防の必要性を説き諸国を遊歴しましたが、時勢を憂慮して自刃《じじん》しました。

『日本九峯修行日記《にほんきゅうほうしゅぎょう》』は、日向国《ひゅうがのくに》（宮崎県）の野田泉光院《のだせんこういん》（一七五六〜一八三五）が、五十七歳で家を出て日向佐土原《さどわら》を皮切りに九州、山陰、北陸、中部、関東、東北、東海、熊野と歩いた六年二箇月の旅の記録です。毎日托鉢《たくはつ》しながら、街道から分かれた田舎道《いなかみち》や僻地《へきち》にも足を伸ばし、詳細な記録をとどめました。

『方言修行《むだしゅぎょう》、金草鞋《かねのわらじ》』は、駿河府中《するがふちゅう》（静岡県）生まれの劇作者十返舎一九《じっぺんしゃいっく》（一七六五〜一八三一）の作品です。奥州山家《やまが》の狂歌師・鼻毛の延高と千久羅坊の二人が、日本各地の名物、風俗などを滑稽譚《こっけいたん》を挟みながら訪ね歩く趣向です。「仙台道中」「出羽羽黒山参詣」「南部路記旅雀」など、狂歌を交えた挿絵入りの物語から当時の東北の姿を知ることができます。六編の序には、「宿駅《しゅくえき》の間の距離、前後の順序の逆なども、作者不案内の道筋なれば。前後錯乱し誤謬《ごびゅう》又多くあるだろうが、それこれお許し給え」と記し、七編の序には、「今や版元がしきりに求めるので、詳しくわからなくても、絵図や行程の概ねを書いた草稿が手に入ったからこの編を書いた」など、旅をせず書いている舞台裏を全てさらけ出しているところにも、超一級流行作家の面目躍如たるものがあります。

『筆満可勢《ふでまかせ》』は、江戸下りの芸人富本繁太夫《とみもとしげだゆう》（氏名生没年未詳）が、「此節必死と困窮身上立行きがたく、鎌倉に少し貸していた金があるので、ついでに浦賀で御座敷稼ぎをしよう」と江戸を出発しました。しかし目算はずれで、知り合いの仙台廻船に便乗して、そのまま奥州石巻まで来てしまい、そこから始まった永い流浪の旅稼ぎの日々を綴った記録です。文人墨客の風雅探訪や、幕府要人の査察旅行とは全く異なり、生活のため芸を売りながら、当時の民衆生活の底辺をわたり歩いた旅の体験記録です。

『秋田日記《あきたにっき》』は、仙台領気仙沼《けせんぬま》（宮城県）生まれの熊谷新右衛門《くまがいしんえもん》（一七九二〜一八四四）が、凶作の対策のため藩命で一八三七年（天保八）御救助米買い付けの交渉、契約、秋田藩の領内輸送の許可申請、悲惨な飢饉の状態等を絵と文で記録にとどめたものです。「四月十六日この日やっと矢島藩との米の受け渡し交渉がすべて終了……今宵は万事上首尾となり、当所の名物丹鳥という女を呼び五平楼にて一夜遊楽にうつつをぬかし夜半頃に帰宿す」など、当時の世相をうかがい知ることのできる記録もとどめています。

『東北遊日記』は、長門国萩《ながとのくにはぎ》（山口県萩市）生まれの幕末の思想家吉田松陰《よしだしょういん》（一八三〇〜五九）が、国家大計の指針を見つけだすため真冬の東北を旅したときの記録です。二十二歳の松蔭は「東北地方は東は満州に連なり、北はロシアに隣接する。国を治めるのには最も重要なところであるが、自分は一歩も足を踏み入れたことがない。この機会を逃せば後に悔いを残す」（滝沢洋之『吉田松陰の東北紀行』）ことになるだろうという、憂国の思いを胸に秘め必死の覚悟で東北を旅しました。一八五一年（嘉永四）十二月江戸を発った松陰は、白河から東北に入り会津若松、新潟、佐渡、庄内、本庄、久保田を経由して、日本海を碇ケ関《いかりがせき》（青森県）に出て弘前、小泊《こどまり》へ至り、三月三厩《みんまや》へ到着しました。帰りは奥羽街道を盛岡、石巻、仙台、米沢、会津に入って江戸に戻っています。現地を見聞して幕府に北方問題の進言をするため、厳寒の東北を徒歩で巡った旅日記です。松蔭は江戸で佐久間象山に洋学を学び、常に海外事情に意を用いました。一八五四年（安政一）米艦渡来の際、下田《しもだ》で密航を企てて投獄されました。のちに萩の松下村塾《しょうかそんじゅく》で子弟を薫陶《くんとう》しますが、安政《あんせい》の大獄《たいごく》に座し江戸で刑死しました。

『蓑虫山人全国周遊絵日記《みのむしさんじん》』は、美濃《みの》国（岐阜県）生まれの放浪の画人蓑虫山人（一八三六〜一九〇〇）が、明治の東北を記録したものです。「十四歳ノ春感スル所アリ決然トシテ家ヲ辞シ世上ノ辛酸嘗メサル處ナク逐ニ一ノ蓑ヲ製シ、負フテ以テ蓑虫ニ化シ天下ヲ漫遊セシコト四十有八年」（『無言ノ記』より）。寝袋を笈《おい》のように背負っての旅で、自然から習熟した画法による数多くの作品を残しました。富農だった生家の没落、母との死別が山人を旅に駆り立てたのでしょうか。東北では宮城、岩手、青森を経て秋田県比内《ひない》町の麓《ふもと》の家に滞在したのを最後に、全国遊歴の旅を終え帰郷しました。特定の師にはつかず、富岡鉄斎《とみおかてっさい》や池大雅《いけのたいが》を作品上の師としていました。

『日本奥地紀行《にほんおくちきこう》』は、英国婦人イサベラ・バード（一八三一〜一九〇四）が一八七八（明治一一）馬でおよそ三カ月かけて東北、北海道を旅した記録です。山河美しく、生活の貧しい明治初期の東北の姿をありのままの文章でとらえた、すぐれた紀行文です。

このような紀行文や記録文は、東北を知るうえでの貴重な資料です。

一本の桜紅葉や魯迅《ろじん》の碑　佐治　英子

行く秋や秘仏は紅をさし給ふ　原田　青児

壺の碑に吹く松風の淑気《しゅくき》かな　柏原　眠雨

二　中世の紀行文・都のつと

『都のつと』は、観応（一三五〇〜五二）の頃、筑紫《つくし》（九州の古称）を出て諸国を放浪した、宗久《そうきゅう》（生没年未詳）の紀行文です。春三月に上京した後、修行のため東国への旅を思い立ち、東海道を下りました。旅の道すがら歌枕を訪ねて鎌倉まで辿り着きましたが、ここで旧知の人の他界を知り、常陸《ひたち》（茨城県）、甲斐《かい》（山梨県）などを遍歴して秩父《ちちぶ》（埼玉県西部）で年を越しました。そして春、上野《こうずけ》（群馬県）へ行く途中、風流人のもとに引き留められましたが再会を約して辞し、八月に寄ってみるとその人の初七日にあたっており、無常迅速を驚き、追悼の和歌と言葉を遺して去りました。以後、白河関を越えて陸奥国に入り、歌枕を訪ねて塩竈、松島を巡り、またその時々、各地で様々な見聞を重ねながらの旅でした。その後、帰途につき武蔵国《むさしのくに》（埼玉県・東京近辺）で道連れを得て、末の松山や塩竈の土産を贈って歌を贈答し、帰京の途につくに当たり、道中の名所の印象を、忘れぬうちに記しておき、これを「都のつと（土産）」にするのだというところで、筆を擱いています。以下、概略を紹介します。（参考『新日本古典文学大系・中世日記紀行集・都のつと』福田秀一校注　岩波書店、『おくのほそ道』の想像力　村松友次　笠間書院）

宗久は早朝都を出、近江国《おうみのくに》（滋賀県）で、

立寄りて見つと語るな鏡山《かがみやま》名を世に留《と》めん影も憂《う》ければ

私が立ち寄って見たと人に語るな、鏡山よ。この世に名を残すには私の姿は浅ましいから。

と詠み、東路の名所・歌枕の不破関《ふわのせき》（岐阜県関ヶ原町）、鳴海潟《なるみがた》（名古屋市）、高師山《たかしやま》、二村山《ふたむらやま》（愛知県豊明市）を経、佐夜《さや》の中山《なかやま》（小夜《さよ》の中山、静岡県南部）に入りました。

こゝはまたいづくと問へば天彦《あまひこ》の答ふる声も佐夜の中山

ここはいったいどこかと尋ねると、山彦の答える声もはっきり「さやの中山」と答えることです。

駿河国《するがのくに》（静岡県中央部）宇津の山を越えました。蔦《つた》はまだ若葉で苦にはなりませんでしたが、紅葉の秋の頃を考えると大変です。

紅葉《もみじ》せば夢とやならん宇津の山うつゝに見つる蔦《つた》の青葉も

紅葉したならば夢となることだろうか。宇津の山の、今こうして見る蔦の青葉も。

清見が関（静岡県清水市）を経て、富士山を望みました。静岡・山梨両県の境に聳《そび》える標高三七七六メートルのわが国第一の高山で、立山《たてやま》、白山《はくさん》とともに日本三霊山の一つです。

富士の嶺《ね》の煙《けぶり》の末は絶えにしを降りける雪や消えせざるらん

富士山の噴火の煙は絶えてしまったが、降った雪は消え失せず残っているようだ。

芦《あし》ノ湖《こ》、箱根を経て鎌倉で知人を訪ねましたが、すでに亡く、宗久は人の世の果敢《はか》なさ、空しさに心を痛めました。

見し人の苔《こけ》の下なる跡問《あとと》へば空行く月もなを霞《かす》むなり

昔親しく交った人の亡くなった跡を訪ねると、懐旧の涙に空行く月もまた霞んでいるようだ。

常陸国高岡に、高い見識を持った僧を訪ね、そこで三間の茅屋を結んで一夏を過ごしました。その後、上野国で由緒ありげな家に一宿の恩を受けた折、自分が遁世《とんせい》するに至った事情や、宿の主は遁世を赦《ゆる》さない家族のしがらみなどの話を交わし、主人から「暫《しばら》くここに留まって、旅の疲れをいやすように」と勧められるのを振り切って、「秋の頃には必ず立ち寄るから」と約束して旅を続けました。秋になりその人のことが気になって再び立ち寄ってみると、初七日の法事を行うところで、もっと早く立ち寄っていたらと悔やまれ、様々なことが脳裏に去来しました。在りし日の思い出を宿の壁に書き残し出立しました。

袖濡らす歎きのもとを来て訪へば過ぎにし春の梅《むめ》の下風《したかぜ》

私の袖を濡らす嘆きのもとの亡き人を訪えば、あの過ぎし春の一夜の梅の下風が吹いている。

夕風よ月に吹なせ見し人の分け迷ふらん草の陰をも

夕風よ、月に吹きなせあの人が踏み分け迷うであろう草の陰を迷わせないように。

白河関では、先人のことを偲びました。

都にも今や吹らむ秋風の身にしみわたる白河の関

都でも今は秋風が吹いているであろう。その秋風が身にしみ渡るこの白河の関である。

出羽国では阿古屋《あこや》の松を見、陸奥国では浅香の沼、阿武隈川を訪ね、武隈の松の陰に旅寝して木の間越しに月を眺めながら思いを巡らしました。名取川を渡って宮城野に入り、その風情に感動。ほかと異なった色をした萩を一枝折り、人の住んでいた往時を偲び和歌一首を詠みました。

宮城野の萩の名に立本荒《たつもとあら》の里はいつより荒れ始めけむ

宮城野の萩で有名な本荒の里は、いつからその名のように荒れ始めたのだろうか。

宮城野の萩食ひさかる軍馬かな　高浜　虚子

宮城野と思ひぬ灸花《やいとばな》にさへ　後藤比奈夫

八方に垂れて宮城野萩紅《あか》し　山崎ひさを

国府多賀城に到着、末の松山を訪ね、松原越しにはるばる見渡すと、本当に波が越すように見え、釣舟も梢を渡っているように見えました。

夕日さす末の松山霧晴れて秋風通ふ波の上かな

夕日のさす末の松山は霧が晴れて秋風が松山の上と波の上とを吹きかよっている。

藻塩焼の禰宜《ねぎ》の木沓《きぐつ》の漆黒《しっこく》に　平塚よし子

売られゆく娘にみちのくの野は枯れて　高橋　浦亭

海苔粗朶《のりそだ》の沖昏《くら》くなり雪となる　原田　青児

塩竈に到着し、塩を得るための藻を焼く煙を眺めながら、うら寂しい気持ちになりました。

有明の月とともにや塩竈の浦漕ぐ舟も遠ざかるらむ

有明の月が次第に西の山の端の方に遠ざかって行くが、その月と一緒に塩竈の浦を漕ぐ舟も遠ざかっていくのであろう。

僧衆百人住すといわれる松島円福寺、五大堂を眺め雄島を訪ねました。来迎の三尊が安置され、南の方には遺骨を納める場所があり、仏教に帰依した人びとの元結《もとゆい》なども多く見られ、心も厳粛にまた澄み渡り二〜三日留まりました。

誰となき別れの数を松島や雄島の磯の涙にぞ見る

誰にも訪れる別れ、死を待って松島で修行している人々の数を、雄島の磯の波しぶきならぬ涙とともに遺跡、遺物を見ることです。

もう引き返そうともと来た道を辿り、武蔵国で歌道の心得のある人に出会い、末の松山や塩竈で拾った松笠や貝殻を記念に贈り、親しい間だからこそできる歌を交わしました。

伴《ともな》はで一人行きけん塩竈の浦の塩貝《しおがい》見る甲斐もなし

私を連れずに一人いらしたという塩竈の浦のお土産の貝は、手に取って見る気もしません。

返し

塩竈の浦みも果ては君がため拾ふ塩貝甲斐やなからん

塩竈の浦を見たのも結局はあなたのために貝を拾うためでしたのに、それを恨まれては、正にかい（貝・甲斐）がないことになりましょう。

心向くままさまよい歩くうちに、さすがに故里が懐かしくなり、宿の壁に向かって残り灯をたよりに、万感の思いを込めて「都のつと（土産）」に旅のあらましを綴りました。

引鶴の径ひかりたる多賀城趾　宮坂　静生

朝顔に矢竹継ぎ足す瑞巌寺　柏原　眠雨

一燭に梅雨の身まかせ法窟《ほっくつ》へ　渡辺　幸恵

松島のしぐれて島を聚《あつ》めたる　原田　青児

三　古川古松軒の旅

『東遊雑記』は、備中（岡山県西部）の人古川古松軒（一七二六〜一八〇七）が、幕府巡見使に随行して、一七八八年（天明八）六十三歳の五月六日江戸を発って出羽、津軽、松前・蝦夷地まで行き、下北、南部、仙台と下って十月十八日江戸に帰着するまでの見聞を、図入りで記した紀行文です。その旅の概要を紹介します。（『東遊雑記』古川古松軒著　大藤時彦解訳・東洋文庫）

五月六日江戸を発った一行は、古河《こが》、宇都宮、白河を経て会津若松に入りました。

「若松の町家草葺《くさぶ》きにして、瓦葺きは稀なり。寒気強き所よわしという。城も平城にて要害の地とは見えず。御城主松平肥後守。ここは昔時葦名《せきじあしな》氏の古城跡にて、その後上杉家・蒲生《がもう》氏在城ありしなり。会津侯は二十三万石の御大家ながら、城下甚《はなは》だ侘《わ》びしく賤《いや》しきなり。御城下ながら備前岡山の城下などに見くらべば大いに劣れり。」

磐梯《ばんだい》山、飯豊《いいで》山を眺めながら猪苗代《いなわしろ》、郡山《こおりやま》、須賀川、三春を経て田村・安達郡界縄木峠から、安達が原に出ました。

陸奥《みちのく》の安達が原の黒塚《くろづか》に鬼こもれると聞くは誠《まこと》か　『拾遺和歌集』平　兼盛

みちのくの安達が原の黒塚に、鬼が隠れ住んでいるというが、それは本当だろうか。

鬼は陰《おん》にして女のことをいうという説あり、老婆旅人を留めて財宝を奪い取り、その旅人を殺すは鬼なり。今の世にもこの類い多し、黒塚のみに限らず、国ぐに政道を司る役人にもこの鬼の類《たぐい》多し。民百姓に課役をかけ金銀を取り上げ、人民難儀に及び愁訴するものを徒党と名付け禁獄し、または誅するの類い、安達が原の鬼よりは遥かにまされりというべし。」

二本松、福島、桑折《こおり》、忍ぶ摺《しのぶずり》の古跡を経て、信夫郡佐場野医王寺を巡り米沢に出ました。

「何方へ行くも御巡見使御馳走役人を出され、その丁寧《ていねい》言語に尽くし難し。かえってこの方の供廻り迷惑に思うほどなり。米沢領などにては別して厳重にて、雨ふるにも人足に出でしものども蓑笠《みのがさ》を着せず、また煙草《たばこ》を飲まず。通行の道筋、家いえの門戸を閉じ、不浄所を目隠しをなし、止宿または休息所などの亭主は、七日以前より精進潔斎《しょうじんけっさい》して御馳走し奉る。米沢侯の御計らい下じもまでよく行き渡りて、混雑無礼がましきことなく、庄屋案内の者までも行儀なり、しかれども余り敬い過ぎて、和することなきゆえに、不便なる儀おおし」。

小国《おぐに》を経て、山形に入りました。

「山形の町より在郷に至るまで悉く《ことごと》馬を持てり、紅花を夥しく《おびただ》作るなり、百姓家は皆みな土間住居なり、床をあげし家は希なり。町家も貧しき家は大方土間なり。」

天童《てんどう》を経て新庄《しんじょう》へ出ました。

「御宿は、大家太郎兵衛といい町年寄なり。町の入口に碑石あり。

　水の浮氷室たつぬる柳かけ　　芭蕉
同じく裏の方に、
　涼しさや行先々に最上川」

たくさんの百合や桔梗を見ながら鶴岡に出ました。

「酒井侯政事正しく、清川よりは在在に至るまで民家のもよう綺麗《きれい》なり。豊饒《ほうじょう》の百姓も数多く見え、人足に出る者の衣服も賎《いや》しからず。馬なども肥えふとり、宅居も美々しく、山川草木《さんせんそうもく》に至るまで、上上国の風土なり、十万石もあらんと思う郷中も見え、これまで通行せし所どころのおよぶことにあらず。よき地の第一と各おの評判せしなり。」

鳥海山を見ながら象潟《きさかた》に入りました。土地の隆起により往時の面影はとどめていなかったのでしょう。

　きさかたや今はみるめのかひもなしむかしながらの姿ならねば　　古松軒
湯沢、横手、花館、久保田（秋田）、能代《のしろ》、大館、弘前《ひろさき》に至り、岩木山を遠望しました。

「女人は禁制の山なりといえり。予思うに安寿姫《あんじゅひめ》を祭りし山なるに、何とて女人を禁ずるや、いぶかし。山険しきゆえに婦人を禁ずるなるべし。女人を嫌う神も仏も有まじきに、国を傾け城を傾くる女人を赦《ゆる》さば山をも傾けんとて、国ぐにに女人禁制の山多し。婦人にて迷惑のことなり」。

北海道に渡った古松軒は、アイヌ民族の風俗にも関心を示しました。

「蝦夷にコサ笛というものあり。長さ一尺五、六寸より二尺までにて大小あり。中にしんもなく、異木の皮をくるくると丸く巻きて製せしものなり。古き歌に、

こさふかば曇りもやせん陸奥《みちのく》の蝦夷《えぞ》になみせそ秋の夜の月」

北海道から陸奥国《むつのくに》入りした一行は、青森、野辺地《のへじ》、尾去沢《おさりざわ》、浄法寺《じょうぼうじ》、盛岡、花巻、水沢、今泉、気仙沼、千厩《せんまや》、中尊寺、一関《いちのせき》、有壁、金成、若柳、登米《とよま》、柳津を経て石巻に入りました。

「石の巻は奥州第一の津湊にて、南部・仙台の産物この地へ出て江戸に積み、大坂へ廻るゆえに、諸国よりの入船数多にして繁昌の湊なり。案内の者より申し上げしは、市中千四十七軒、寺院十八ヵ寺、社十一社といいしことながら、湊村・蛇田村という所にては、予がつもる所にては三千軒余もあるべし。娼家《しょうか》も数家見え、人物・言語も大概よき所なり(中略)。北上川は先だって聞きしとは大いに違いし大河にて、川幅も広く水深し。千石船帆をかけて、何方へも勝手よき所へ走り、心まかせの川なり。

陸奥《みちのく》の袖《そで》の渡りの涙川心のうちにながれてぞすむ　『新後拾遺和歌集』相模

まだみねば俤《おもかげ》もなしなにしかも真野の萱原露《かやはらつゆ》みだるらん　『続古今和歌集』顕朝

古歌多し、略しぬ。」

その後、古松軒は、涌谷、古川、中新田、吉岡を経て松島へ出ました。

「思い出せしまま記し侍るなり。絶景に感じて、

朝まだき明行くそらをまつ島や雲よりうめる沖の島々　古松軒

それ松島は天下無双の勝景にして、誠に神仙遊戯の蓬莱山《ほうらいさん》、大唐の西湖《せいこ》というも及びがたき境地なり。海面大いに開けたるに、数百の島じま散在せる景色、さながら落葉の浮かめるごとく、（中略）筆にも言葉にも尽くしがたく、また環浦の奇峯連山、千賀の浦のもの寂びたる弁天の島山、すべて一つとして勝地ならずということなし。およそ諸国の景地、絵に写す時は、その地よりも一入《ひとしお》勝れて見ゆるものなり。しかるにこの松島は、たとい探幽《たんゆう》、雪舟《せっしゅう》の再来して写すとも、写し得ること難かるべし。予が如き画道知らざるもの片腹痛けれど、その図を右に画く、童べのたわむれに同じといえども、景色に魂を奪われてその俤《おもかげ》忘れがたく、止むを得ずことのあらましを図するものなり。」

その後、仙台、岩沼、大河原、白石、原町、平、小名浜《おなはま》を経て江戸へ戻りました。合理主義的な透徹した目と旺盛な探求心で詳細、正確な記録をとどめた古松軒が大きな感動で眺めた阿

武隈、北上、最上の大河は、今も東北の大地に豊かな恵みをもたらしています。

凌霄花《りょうしょうか》阿武隈川へ懸りたる　川崎展宏

阿武隈川《あぶくま》の雪の音ある流れかな　岡井省二

北上川《きたかみ》の茎石持ちて転勤す　石川文子

馬洗ふ梅雨のすげ笠最上川　細見綾子

雪晴れや藍《あい》一筋の最上川　中村苑子

最上川そこを逃げ場の稲雀　鷹羽狩行

朴の花越しに光り最上川　稲畑汀子

四　菅江真澄の旅

三河の国（愛知県）で生まれた菅江真澄（本名白井秀雄一七五四～一八二九）は、三十歳のとき、長野へと旅たち、以後、新潟、山形、秋田、青森、岩手、宮城、北海道を巡り、四十八歳のとき秋田に入り、その後二十八年間を秋田で過ごし、七十六歳のとき角館《かくのだて》（秋田県角館町）で没しました。その間『いなのなかみち』『あきたのかりね』『おがのあきかぜ』など、自身の見聞や体験、観察などを、日記や地誌、写生帳、随筆にまとめました。（参考『菅井真澄』秋田県立博物館）

真澄の著作は内容が豊富でさまざまな専門分野にも及び、また、近世の庶民生活の様子が、わかりやすく絵を添えて幅広く記されており、歴史や文化を知る上で数多くのヒントを私達に与えてくれます。真澄の生涯は一貫して観察者としての姿勢が貫かれ、学び続ける者としての謙虚さを失わず、人生の大半を旅とその記録に費やしました。

真澄の旅は、一七八三年（天明三）飯田（長野県）で風越山《かぜこしやま》の桜を眺めるところから始まります。

その時の記録『いなのなかみち』には、飯田より跳めた風越山を見て、

風越《ふうえつ》の峰のうへにてみるときは雲は麓のものにぞありける

と詠んでいます。真澄は飯田から信濃を縦断して、日本海へ抜けますが、その間諏訪湖周辺の記録『すわのうみ』や姨捨山《おばすて》での月見の記録『わがこころ』なども残しています。姨捨山は、長野県北部長野盆地の南西にある山で、正式名称は冠《かむり》着山《きやま》で標高一二五五メートル、段々に小さく区切った水田（棚田《たなだ》）の一つ一つに映る月「田毎《たごと》の月」で著名です。更級《さらしな》に住む男が親代わりの姨《おば》（伯母）を養って住んでいましたが、妻は姨を山に捨てさせました。おりからの明月に堪えられず、

我が心慰めかねつ更級や姨捨山に照る月を見て　『古今和歌集』よみ人しらず

私の気持を和らげようとして和らげられないでいる。更級の地の「姨を捨てる」という荒々しい名の「姨捨山」に照っているこの月を見ていて

と口ずさみ翌朝姨を連れ帰ったという棄老伝説の地です。大和《やまと》物語、今昔物語にその記載が見えます。

一七八五年（天明五）のみちのくの旅は、主に盛岡藩、仙台藩の旅が中心で、この三年間に西《にし》磐井《いわい》郡山目《やまのめ》村（岩手県一関市）の大肝煎《おおきもいり》大槻清雄を訪ね逗留、東磐井郡大東町大原の芳賀慶明宅では『はしわのわかば』を記しました。

大槻家は『蘭学階梯《らんがくかいてい》』の著者大槻玄沢《おおつきげんたく》や『言海《げんかい》』の著者大槻文彦らの学者を多数輩出した大槻宗家、芳賀慶明は芦東山《あしとうざん》、田辺東里《とうり》に漢学を、和歌を京都の日野大納言に、俳諧を江戸の烏《う》明《めい》（一七三八〜九二）に学ぶなど多方面で活躍した人として知られています。真澄は長い旅を通して地方の歌人を始めとする当時の知識人と幅広い交流を行い、各地に数多くの足跡をとどめました。

一七八八年（天明八）真澄は蝦夷地（北海道）に渡り、四年間をこの地で過ごします。当時の蝦夷地は自由な往来が厳しく制限されたこともあり、松前藩の上級武士たちと和歌の贈答にあけくれ、五百首の和歌を記載した『ちしまのいそ』を残しました。当時の北海道は、松前藩が支配する和人地と、それより北の「蝦夷地」に分かれていました。当時、「蝦夷地」への自由な往来は固く禁じられていましたが、二度その地への旅を試みました。最初のときは一七八九年（寛政一）大田山参詣を目的とした旅で、その時の旅日記『えみしのさへき』には、クナシリ・メナシのアイヌの戦いを伝える記事が見えます。これは、幕府が東北の諸大名に蝦夷地の警備を要請するきっかけとなった事件を記載した歴史資料としても貴重な記録です。

翌年二度目の旅は、有珠岳《うす》登山が目的でした。この時はアイヌの人びとの家に宿泊し、その生活ぶりをじかに見聞し、アイヌ民族の様子を収めた「えぞのてぶり」を残しました。真澄は、それらを記録するとき、すべての語句にアイヌ語でルビをふり、彼らの言語を通してその生活と文化を理解しようと努めています。

黒百合を売る白老《しらおい》の女たち　玉川　鶩鳴

流氷や宗谷《そうや》の門波《となみ》荒れやまず　山口　誓子

奥蝦夷《おくえぞ》の賎《しず》のをたまき咲く宿り　遠藤　梧逸

一七九二年（寛政四）北海道をあとにした真澄は下北半島に渡り、ここで数年間を過ごしますが、下北の暮らしぶりや文化について記録した『おくのてぶり』を始めとする六冊の日記を残しました。それらにはこの地方の知識人と交流をし、文人と詠みあった和歌が多数採録されており、一日一日を充実して過ごしていたことがうかがい知られます。

一七九五年（寛政七）下北を去り津軽に入った真澄は、弘前藩から薬草についての知識を評価されて、当時藩が進めていた採草の事業を手伝っています。同藩の公式記録である『弘前藩御国日記』には、一七九七年（寛政九）六月十五日の条に「三河生まれの白井秀雄という薬草にくわしい者が、このたび松前から帰国したので、今度浅虫（青森）まで採薬調査に同行することになった」と記載されています。

早乙女《さおとめ》の一群憩ふ津軽富士　菅原静風子

冬うらら笹を靡《なび》かせ津軽富士　新谷ひろし

一八〇一年（享和一）青森をあとにした真澄は、秋田県八森町《はちもりまち》に至りました。旅の始め庄内を経て由利《ゆり》に足を踏み入れてから十七年あとのことです。以後十年余り能代を拠点として、山本郡と北秋田地方の旅に費やし、三十余りの日記と、『雪見花』と総称される地誌、『出羽路』三部作の著作や、書屋「笹の屋」での随筆活動を行いました。

秋田に落ち着いた真澄は、ここでこの世を去るまで多くの著作を残しますが、特筆されるのは秋田の地誌の編纂です。『雪の出羽路』『月の出羽路』『花の出羽路』と名づけられた三部作です。これは藩の許可を得て始められた事業で、真澄が長年にわたる旅のなかで培われた透徹した眼でとらえ描いた美しく優しいたくさんの挿絵とともに、地域の文化や伝説などにも視線を注いでいます。真澄は真澄は『花の出羽路』の完成前に亡くなりました。

真澄は各地で文物を数多く描きました。植物、鉱物、温泉、土器、石器、石碑、仏像、民具などさまざまな分野を対象にしています。それらを丹念に写生するとともに、ものの由来や性状、それに歴史的な位置付けや地域による違いについても考察しています。真澄の日記は、江戸時代の人びとの生活を知る上で貴重な資料です。日常の暮らし振りについてはもちろんですが、それ以上に正月を中心とした年中行事や神祭りなどについても、興味深く記されています。日記には、当時の人びとの姿を描いた図絵がさしはさまれ、一層はっきりとした暮らし振りを私たちに示してくれます。時にはどんな名文、美文で意を尽くしても一枚の図や絵にかなわないことがあります。真澄の図絵は本文と相まって味わい深い絵、あるいは意義のある図が数多く用いられています。そのような中で『ひおのむらぎみ』は八郎潟の氷下曳き網漁を描いた連作として有名です。本文での記述もさることながら、一連の作業手順が図絵だけでも辿れるくらいに描ききったものとして知られています。そこでは、漁の始めの神祭りの様子が描かれ、その他の著作の年中行事や信仰の図柄同様、今日では比較にならないほど丁寧で恭《うやうや》しく、いかにも晴れがましい様子を伝えています。真澄が各地にお世話になったお礼として残してきた色紙や短冊などから、当時の人びとがいかに暖かく真澄を迎え入れていたかを知ることができます。

うくいすの羽風も匂へ行袖に花ぞこぼるゝ梅のしたみち　真澄

大ねぶた月をかくしてしまひけり　高木　晴子

秋立つとお岩木やまの朝景色　木内　彰志

十二湖の風に色ある秋意《しゅうい》かな　河野　南畦

五　イサベラ・バードの旅

英国出身の世界的な冒険家イサベラ・バード（一八三一〜一九〇四）は、一八七八年（明治一一）六月十日東京を出て九月十七日函館から船に乗って横浜に帰着するまでの、三ヶ月にわたる大旅行を敢行しました。一行は二人です。バードと日本人の案内人兼通訳の伊藤という青年です。先頭の人力車にはバード、次に伊藤、そして後ろの車にはゴム製の浴槽、旅行用寝台、折り畳みの椅子、空気枕、雑用品や参考書などの携行品を載せての旅立ちです。東京を出て粕壁《かすかべ》、日光、鬼怒《きぬ》川を経て、会津《あいづ》盆地に入り新潟、小国《おぐに》、置賜《おきたま》盆地、山形、新庄《しんじょう》、横手、久保田《くぼた》（秋田）、そして青森から津軽海峡を渡り北海道を旅し、その宿々で綴った文章が『日本奥地紀行』としてまとめられました。その旅の概要を紹介します。（高梨健吉翻訳・『日本奥地紀行』平凡社東洋文庫から引用）

六月二十四日、バード一行は馬を雇って鬼怒川ルートを北進、美しい渓谷を嘆賞しながらも悪路に悩まされ山王《さんのう》峠を越えて、会津盆地（福島県）に入りました。「この地方はまことに美しかった。日を経るごとに景色は良くなり、見晴らしは広くなった。山頂まで森林に覆われた尖《とが》った山々が遠くまで連なって見えた。山王峠の頂上から眺めると、連山は夕日の金色の霞《かすみ》につつまれて光り輝き、この世のものとも思えぬ美しさであった。」

一行は幾度も川を舟で渡り、峠を越えて、会津盆地に出ました。山を越えるたびに視界は壮大なものとなります。会津平野の彼方には磐梯《ばんだい》山が左方には飯豊《いいで》山、吾妻《あづま》山が、聳《そび》え立っています。「これらの峰は、岩石を露出させているものもあり、白雪を輝かせているものもあり、緑色におおわれている低い山々の上に立って、美しい青色の大空の中に聳えている。これこそ、ふつうの日本の自然風景の中に欠けている個性味を力強く出しているものである。下を流れる急流の向かい側には、すばらしい灰色の断崖がそそり立ち、金色の夕陽の中に紫色に染まっている会津の巨峰の眺めは雄大であった。」

山を越えて越後（新潟県）に入り津川《つがわ》に着きました。翌朝、舟で阿賀野《あがの》川を下り新潟に向かいました。渓谷の美しさはライン川にもまさって美しく思われます。「激流は山間に深い割れ目を作って流れ、高台には塔を頂いたお寺がある。深い茅《かや》ぶき屋根の村落は明るい日ざしを受けて、花咲く林の向こうに見えかくれする。近くの山々の間から白雪の山脈が遠く姿をのぞかせている。」

津川下りを終わると、流れはゆるやかとなり、越後平野の中を進んで行きます。「新潟は美しい繁華な町である。町は美しいほどに清潔なので、よく掃き清められた街路を泥靴で歩くのは気がひけるほどである。街路には運河が交叉し、実際上の交通路となっている。運河は街路の中央を流れており、両側に広い道路がある。運河は街路よりずっと低く流れており、ほとんど垂直な土手は、きれいな木材でおおってあり、処々に階段がつけてある。川べりには並木があり、しだれ柳が多い。川水は柳の間を通り、運河を気持ちよいものとする。運河はこの町の非常に魅力ある特色となっている。」

七月十日、新潟を出発。前途に連なる大きな山岳地帯の山道を苦労しながら進み、玉川、小国、黒沢を通り、市野々《いちのの》に泊まりました。翌日は桜峠、宇津《うつ》峠を越えます。「置賜《おきたま》盆地は、南に繁栄する米沢の町があり、北には湯治客の多い温泉場の赤湯があり全くエデンの園である。鋤《すき》で耕したというより鉛筆で描いたように美しい。実り豊かに微笑する大地であり、アジアのアルカデヤ（桃源郷）である。美しさ、勤勉、安楽さに満ちた魅惑的な地方である。山に囲まれ、明るく輝く松川に潅漑《かんがい》されている。どこを見渡しても、豊かで美しい農村である。」

彼女は赤湯を経て上山《かみのやま》に行き、ここで一泊。宿の女主人は好感のもてる婦人で、娘たちも背が高くきれいで、やさしい。「上山は清潔で空気のからりとしたところである。美しい宿屋が高いところにあり、楽しげな家々には庭園があり、丘を越える散歩道がたくさんある。」

上山を出ると、まもなく山形平野に入ります。人口が多く、土地はよく耕作されており、幅広い道路は交通量も多く、富裕で文化的に見えました。山形の街路は広くて清潔であり、大通りの奥の正面には、新しい県庁の高くて白い建物が堂々と建っていて、低い灰色の家並みの上に聳えて見えるのに感銘を受けます。山形から北に進むと、平野は広くなりました。天童《てんどう》を過ぎて尾花沢《おばなざわ》へ来ると、鳥海山《ちょうかい》のすばらしい姿が眺められます。この雪におおわれた壮大な円頂は、まったく思いがけない高さで聳えています。同時に月山《がっさん》の大雪原が見え、下方にはとても美しい連山が幕のように囲んでいるので、日本の最も壮大な眺めの一つであろうと彼女には思われました。

尾花沢を過ぎて新庄に着きます。翌日は新庄を出て羽州《うしゅう》街道を金山《かねやま》に向かいました。「今朝新庄を出てから、険しい尾根を越えて、非常に美しい風変わりな盆地に入った。ピラミッド形の丘陵が半円を描いており、その山頂までピラミッド形の杉の林で覆われ、北方へ向かう通行をすべて阻止しているように見えるので、ますます奇異の感を与えた。その麓《ふもと》に金山の町がある。ロマンチックな雰囲気の場所である」。彼女はここに二、三泊することにしました。

朝早く金山を出発。駄馬一頭と車夫一人とともに北に向かいます。ひどい道路で、雄物《おもの》川の上流に沿って院内《いんない》まで山道を歩きました。その杉の並木道は美しく感じられます。湯沢《ゆざわ》から横手に到着。そこを出ると、非常に美しい景色が展開してきます。鳥海山が雪の円屋根を時々のぞかせます。久保田に滞在した三日間は実に忙しく、また非常に楽しいものでした。久保田は非常に魅力的で純日本風な町です。彼女は社会事業に強い関心があったので、町の医学校ともいうべき病院を訪れて、立派な設備とすぐれた医療活動に感心しました。久保田を出発土崎《つちざき》港《みなと》、大館《おおだて》を経て白沢《しらさわ》に二日滞在。白沢を出ると美しい景色となります。峰の側面から谷間まで見事な杉の林が続いています。まるで絵のような眺めでした。山路が険しくなると、馬は進めなくなりました。長雨で地すべりがあり、道路が消えていましたが、幸運にも新しい道路に出ることができました。馬車も通れる広い道で、ゆるやかなジグザグ道を上がると矢立《やだて》峠に出ます。立派な道路を築き上げた日本政府の土木工事に感心しました。峠の景色は荘厳で、アルプスやロッキー山脈の峠にもまさって樹木が素晴らしいと感銘を受けました。

八月五日、黒石でねぶた祭りを見ました。「それは提燈《ちょうちん》というよりも、むしろ透し絵である。それにはあらゆる種類の奇獣怪獣が極彩色で描かれている。それを取り囲む何百という美しい提燈が、あらゆる種類の珍しい形をしている。扇、魚、鳥、凧《たこ》、太鼓などの透し絵がある。提燈の波は揺れながら進み、柔らかい灯火と柔らかい色彩が暗闇の中に高く動き、提燈をもつ人の姿は暗い影にかくれている。このようにお伽噺《とぎはなし》の中に出てくるような光景を私は今まで見たことがない。」

彼女は黒石を出発して津軽坂を越えました。峠から見る灰色の海は青森湾です。青森で汽船に乗り北海道に向かいました。長かった陸地旅行は終わったのです。

丘の上の末の松山囀《さえず》れる　奥田七橋

伊豆沼の干拓の碑や鳥雲に　大坂十縫

厄男藁着て被《かぶ》る神の水　丸山秋甫

川沿ひに花壇てふ町下萌ゆる　佐治英子

六　ブルーノ・タウトの旅

ドイツの建築家ブルーノ・タウト（一八八〇〜一九三八）は、桂離宮《かつらりきゅう》や伊勢神宮、白川郷《しらかわごう》の合掌造《がっしょうづくり》の民家の素晴らしさを、日本人に紹介した人としてよく知られていますが、東北とも深い関わり合いのある人でした。タウトについては、次のようなエピソードが伝えられています。

（『家庭と電気』昭和六〇年版・庄子晃子著「東北とブルーノ・タウト」より引用）

一九三三年（昭和八）五月三日、ウラジオストックから船で敦賀《つるが》（福井県）に着いたタウトは、翌日京都の桂離宮を訪れました。門の前に立ったタウトは門の前の垣を十分間凝視し、門をくぐっても一、二歩進んでは一分間ぐらい見つめ、さらに一、二歩進んで立ち止まってはまた見つめる。踏み倒された道端の苔《こけ》を起こしては、指をハンカチで拭う。そういうことの繰り返しであったといわれます。古書院の月見台では、一時間半もじっくりと過ごしました。あぐらをかくか立つかの姿勢で視点を据えて、二十分間位見つめ、十分間位ノートに原稿あるいはスケッチを描き、あぐらをかいてまた凝視して三十分、涙をポロッとこぼし、同行者も感極まるものがあったといわれます。

タウトは勉強家で、数多くの読書を重ねましたが『ペリー総督による日本の開国』をドイツ語訳で読み日記に、「私は日本の文物が一八五三年（嘉永六）から今日に至るまで本質的には少しも変わっていないということを、本書からも確かめ得て嬉しく思っている。一八五三年来日したペリーによると、来航したアメリカ人は、日本人の礼儀正しい振舞い、日本の婦人、日本画とその巧緻な筆法などからすばらしい印象を受けたのである」と記しています。そのような熱い思いを胸に秘めたタウトが旅をした、往時の東北を辿ってみます。

タウトは一九三三年（昭和八）九月、東京三越本店で行われた「商工省工芸指導所研究試作品展」で、請われるまま率直な批評を下したことが縁で、国立工芸指導所の顧問として、一時期仙台に赴任し、伝統に根ざした実用性のある工芸品の製作に指導助言を与えました。そのかたわら休日などを利用して散策や遠出を楽しみました。

着任して間もない十一月十二日（日）には、指導所の所員と自動車で、仙台近郊の太白山《たいはく》や鎌倉山の独特な姿を楽しみながら、作並《さくなみ》温泉郷に入りました。「すばらしい秋景色—紅葉した樹々の美しさは心ときめくばかりだ（中略）渓谷に臨んで岩風呂がある。谷間には大小の岩石—すばらしい眺めだ。自然と人とのこのような結合を私はかって想像だにしたことがなかった。

日本だ！私も湯治をしてみたくなった」。

宮城野の夜露一樹に乳銀杏《ちちいちょう》　永野　孫柳

太白山さくらを割りて忽然《こつぜん》と　阿部みどり女

十一月十八日（土）には、塩竈、松島へ。「北斎の描いた波がそのまま岩に化したかのような小島が二つもあった」と記しています。

翌年二月十一日には七北田村《ななきた》（仙台市泉区）へ遠出し、「生い茂った竹藪《たけやぶ》、藁葺《わらぶき》屋根の家は可憐なほど簡素でかつ美しい。ドイツのすぐれた農民家屋に似たものもしばしば見かけた」。名刹「山の寺洞雲寺」にも足を伸ばし、晴天の雪景色の中に、杉林、群生した熊笹、檜皮葺《ひわだぶき》屋根の本堂と山門、禅定窟《ぜんじょうくつ》がひっそりと静かにたたずむ風光を味わい、しばしの静寂を楽しみました。

三月四日は汽車で白石と斎川村《さいかわ》（白石市）に遠出しました。「清楚《せいそ》な藁屋根の家屋、村の通りは様式も形も極めて清純で、いささかドイツを偲ばせる、しかし屋根の曲線のもつ独特のしなやかさや全体の柔らかな印象はまったく日本的である。藁と木材と紙（障子の）とから成る家屋は、材料からして純粋でありかつ美しい」と記しています。

孫太郎虫の売店灯の涼し　玉川　鳶鳴

みちのくの頭良くなる湯に夜長　大野　林火

飛騨《ひだ》から裏日本に出て東北路を旅したタウトは一九三五年（昭和一〇）五月二十三日鶴岡駅で電車に乗り換え湯野浜に向かいました。「富士山に似た鳥海山が、平野の上に屹立《きつりつ》している、山勢余って海中に突入している様は頗《すこぶ》る奇観である」と記しています。

羽後に舞ふ一期一会《いちごいちえ》の綿虫よ　鈴木真砂女

潮騒《しおさい》を隔つる障子美しく　原田　青児

五月二十五日は、秋田を訪れました。「秋田の人々！卵形の顔と美しい鼻と強い顎《あご》をもった快い型の顔立ちである。この人達は、人の顔をじろじろ眺めるような厚かましい眼付をすることがない。農婦の服装は非常に美しい。しかし冬になり、子供達が雪のなかを遊び廻る時こそ、この地方の特色がはっきり現れてくるのだろう」。

秋田から弘前、青森、浅虫を経て岩手に入ったタウトは平泉を訪れました。金色堂を見たタウトは「この堂は覆堂《おおいどう》に被《おお》われ、あたかも胡桃《くるみ》の殻に包まれた核の観がある。（中略）内部の荘厳はビザンチン或いはロマン建築を偲ばせる」と記しています。また、能舞台について「洗練された構造で、実に簡素極まりなき建物（中略）中尊寺で最も強い印象を与えるもの」と述べ、自らを「いま汽車の中には旅行鞄とルックザックとを携えたいま一人の新しい芭蕉がいる」と記しました。松島、塩竈を経て東北本線で東京へ向かったタウトは、日記の最後に、芭蕉の『奥の細道』の「月日は百代の過客にして、行きかう年も又旅人なり」を引用しながら、「そうだ！

人間の生涯も、自余一切のものも、挙げて逆旅の客ならざるはない。こういう旅行をしてみると、ひとはこの日本全体がまた旅に有ることを知るのである」と締めくくっています。

タウトは、一九三六年（昭和一一）二月、再度東北入りをしました。カマクラを見るため秋田県横手を訪れたのです。「カマクラの上には、雪の天井の代りにたいてい竹簀《たけす》が載せてある。雪だと崩れ落ちる心配があるので、今年は警察で禁じたのである（中略）すばらしい美しさだ、これほど美しいものを私はかつて見たこともなければ、また予期もしていなかった。この見事なカマクラ、子供達のこの雪室は！」「空には冴《さ》えかえる満月、凍《い》てついた雪が靴の下でさくさくと音を立てる。実にすばらしい観物だ！誰でもこの子供達を愛せずにはいられないだろう」。タウトは、子供達の雪祭りに心を残しながら列車、馬橇《うまそり》を駆って、次の目的地に向かいました。この日記は、知性と感性の豊かな当時のドイツ人による日本観や、東北の風物を知る上において欠かすことのできない貴重な資料でもあります。

天つ日の幽《かすか》さ寄生木《やどりぎ》老梅に　遠藤　梧逸
梵天《ぼんてん》買って旅人の雪焼け速し　原子　公平
梵天勢子裸の肌に雪の湯気　林　翔
梵天をよそに路地裏雪卸す　上井　正司

第三章　歴史と文学を訪ねて

一　みちのくへの誘い・福島

文学には国境がないといわれていますが、作家の生まれた環境は作風に大きな影響を与え、必然的に風土性もでてくるようです。東北六県といっても、歴史や自然環境にも自ずから差異があります。それぞれの県の文学風土の概略を辿ってみたいと思います。

東北新幹線に乗って陸奥《みちのく》に入ると、最初に新白河駅に着きます。白河には「庄司戻しの桜」があります。一一八〇年（治承四）奥州信夫里《しのぶのさと》（福島市）の佐藤庄司元治の子継信《つぐのぶ》、忠信《ただのぶ》兄弟は、源義経が平泉を出立する時、藤原秀衡の命で義経の家臣となり終生義経の家来として忠節を尽くします。平家物語によると屋島の合戦の折、継信は義経めがけて飛んできた矢の前に立ちはだかって矢を受けますが、このとき継信は「主の命に代わって討たれたと、末代までの物語とされるのは今生《こんじょう》の面目、冥土《めいど》の土産《みやげ》」と語って息を引き取りました。

この桜は元治が、義経に従って息子たちを白河関まで見送り別れるとき、「息子が君に忠ならば生きよ、不忠ならば枯れよ」と言って桜の杖を地面に突き立て、この桜は見事に花を開いたといいます。二人の事績は『平家物語』や源義経の生涯を中心とする軍記物語である『義経記《ぎけいき》』のほか、吉野山でのことをテーマとする謡曲『忠信』、兄弟の母が、山伏姿で陸奥へ下る義経主従をその館でもてなし、弁慶が継信の最期を語る謡曲『摂待』などに作品化されています。継信・忠信の墓は京都の東山のほか、福島市飯坂《いいざか》町の佐藤一族の菩提寺医王寺《いおうじ》にあります。

白河を過ぎさらに北上すると、安積香山《あさかやま》、安達太良山《あだたらやま》、会津嶺《あいづね》（磐梯山）など万葉の時代から人びとを引きつけてやまない秀峰が眺望できます。

少年に維新は遠く芋《いも》の秋　　遠藤　梧逸
越河《こすごう》の畦みな細き植田かな　　原田　青児
峠ちて《そばた》来し磐梯《ばんだい》や蕎麦《そば》の花　　八木沢高原
安達太良《あだたら》とその空残《そらのこ》し牧閉《まきとざ》す　　柏原　眠雨

磐梯山麓の摺上原《すりあげがはら》は一五八九年（天正一七）、伊達勢と葦名《あしな》勢が激突したところです。勝利した政宗は、会津黒川城に入城。しかし、豊臣秀吉の奥羽仕置によって会津黒川城を没収され、蒲生氏郷《がもううじさと》が九十二万石で入城、会津若松城と改め殖産興業などこの国の基盤づくりに大きな足跡を残しました。一五九二年（文禄一）千利休は秀吉の勘気に触れ切腹を命じられますが、このとき氏郷は利休の娘婿少庵を会津若松にひそかに迎えました。一五九四年（文禄三）秀吉の上意による「召出」によって、少庵は千家の相続者として京に戻り、千家の再興がはかられました。氏郷は、一五九二年上洛し、秀吉に従って肥前名護屋（佐賀県東松浦郡）に赴き、翌年帰国しますが、若松城の完成をみて間もない一五九五年（文禄四）、伏見（京都市南部）の自邸で四十年の波乱に満ちた生涯を閉じています。

限りあれば吹かねど花は散るものを心みじかき春の山風　蒲生氏郷

その後、会津若松には上杉、加藤氏と続きますがいずれも悲劇的にこの地を去り、名君の誉れ高い保科正之《ほしなまさゆき》（一六一一～七二）が入城、以来九代の歴史を積み重ねます。正之は徳川秀忠の庶子で、秀忠は夫人浅井氏に憚って子にせず、武田信玄の娘である穴山梅雪の妻見性院に養われて田安邸に移り、秀忠の密命によって保科正光の養子となりました。のち会津藩主。家光の遺言によって四代将軍家綱を補佐し幕政を指導しました。一六五七年（明暦三）の江戸の大火に際しては、罹災した御家人らに対する復旧営作料給与を有司の反対を押さえて断行するとともに、江戸城に天守閣を建設しようとする老中らの意見を退けました。また「武家諸法度」の公布に際しては、正之の持論に基づいて殉死の禁止が口達されるなど、常に理性的な意見によって幕閣を指導しました。正之が制定した「家訓十五ヵ条」は、将軍に対する絶対忠誠を訓示し、幕藩制における主従論理の範型を示したものです。藩祖正之の遺訓として、毎年春秋二回、藩主以下がこれを拝聴した家訓は、二世紀後の会津戊辰戦争への軌道を敷設したものといえます。

幕末維新には白虎隊《びゃっこたい》で知られる会津戊辰の役で多くの悲劇を生み、それは文学の作品にもとりあげられています。そのひとつが家老西郷一族の自決です。若松城はまだ炎上も陥落《かんらく》もしていませんが、敵の大軍が若松城下へ殺到すると、武士の家族は婦人も子供も城内に入りますが、なかには夫や父兄を励まし足手まといにならぬよう、自宅で覚悟の自殺をした人もいました。家老西郷頼母《たのも》の家族二十一名の自決はその代表で、夫人千代の辞世も語り継がれています。

なよ竹の風にまかする身ながらもたわまぬ節のありとこそ聞け　　千代

磐梯山の麓には猪苗代湖《いなわしろ》が広がり、野口英世《のぐちひでよ》（一八七六〜一九二八）はこの湖畔の寒村で生まれました。人間発電機《ヒューマン・ダイナモ》と評されたひたむきな研究や努力と行動は、彼の貧しく悲しい生い立ちもさることながら、深い雪国に育まれたみちのくの忍耐、それから抜け出そうとする風土性によるものかもしれません。

檜原湖《ひばらこ》の樺《かんば》 落葉の照り返し　　赤沼山舟生

冬の雨磐梯見せずふりにけり　　久保田万太郎

鮎錆《あゆさ》びて磐梯山はとがりけり　　細川　加賀

磐梯山の麓の東山《ひがしやま》温泉（会津若松市）は、『日輪』『旅愁』『夜の靴』『上海』で知られる横光利《よこみつり》一《いち》（一八九八～一九四七）の出身地です。横光は川端康成らと『文芸時代』を発刊しました。新しい時代感覚を強調したこの新進作家らを、山形県出身の評論家千葉亀雄は「新感覚派」と命名しました。右方には、鬼女伝説で知られる安達が原があります。

福島県の中心に位置する郡山《こおりやま》市は、明治初期猪苗代湖の水を利用して郡山盆地の開発を目指した安積疏水《あさかそすい》の建設が企画され、全国から開拓者が多数入り込みました。この開拓時、多感な時代を過ごしたのが、東京生れの宮本百合子《みやもとゆりこ》（一八九九～一九五一）、長野生れの久米正雄《くめまさお》（一八九一～一九五二）です。百合子は少女時代久米正雄に恋心を抱き、何通かの恋文を送っています。二人の祖父は旧米沢藩士で、安積疏水の開拓の命を受け郡山に赴任しました。米沢と会津は戊辰戦争時にはともに薩長と戦いますが、米沢は官軍に付いたいきさつもあり、安積開拓では会津藩士が貧しいなかで荒地を耕し、米沢藩士が馬にまたがって見回るという状況で、純粋な人にはこの光景は大きな衝撃でした。百合子の代表作『貧しき人々の群』は開拓に失敗し小作人に転落した人びとを描いたものです。久米正雄は三汀《さんてい》と号して句作にも活躍し、菊池寛、芥川竜之介らと第三次・第四次の『新思潮』を興しました。戯曲『牛乳屋の兄弟』、小説『破船』、そして『阿武隈心中』『三浦製紙工場主』では、ここを舞台に不況時代の農村や女工哀史を描きました。

さらに北上すると、二本松、福島に近づきます。二本松は会津若松の白虎隊と同様、二本松少年隊が奮戦し、多くの少年が露と消えた悲劇の歴史を秘めた場所です。また、霞ヶ城には五代藩主丹羽高寛《にわたかひろ》が藩士の戒めとして刻ませた戒石《かいせき》銘碑があります。「爾《なんじ》の俸《ほう》、爾の禄は、民の膏《こう》、民の脂《し》なり。下民《かみん》は虐《しいた》げ易《やす》きも、上天は欺《あざむ》き難し」と記され、この教えは、長く二本松藩の藩風を培いました。高村光太郎の『智恵子抄』で知られる智恵子は二本松に隣接する安達《あだち》町で生まれました。智恵子の生家は「智恵子記念館」として公開されています。

福島市山口には、文知摺《もじずり》観音があり、境内には平安初期の歌人源融《とおる》と土地の長者の娘との悲恋を伝える文知摺石があって、芭蕉の句碑もあります。

早苗《さなえ》とる手もとや昔しのぶ摺《ずり》　芭　蕉

緑の苗を手にとっている農民の手もとに、人々が草を手にしてしのぶもじ摺りをつくっていた、はるか昔がしのばれる。

炎昼《えんちゅう》の刻《きざ》める影の墓十九　原子　公平

墓洗ふ磐梯いつも真向に　小山　祐司

福島市外の南方には、標高一四三メートルの椿山があります。大正のはじめ福島を訪れた森《もり》鷗外《おうがい》（一八六二～一九二二）は、椿館に登り、厨子王《ずしおう》の産湯《うぶゆ》を捨てたといわれる岩や、親子の暗い運命に耳を傾けながら『山椒太夫《さんしょうだゆう》』の構想を描きました。森鷗外は、島根県津和野生まれ。東大医科出身、文芸にも造詣が深く、『しがらみ草紙』を創刊しました。その傍ら西欧文学の紹介・翻訳、批評を行い明治文壇の重鎮でした。『舞姫』『阿部一族』の著書や、『即興詩人』『ファウスト』の翻訳で知られます。

福島県は明治十年代、自由民権運動が盛んとなり、その中心人物は旧三春藩出身の河野広中《こうのひろなか》（一八四九～一九二三）で、ときの県令三島通庸《みしまみちつね》はこれを徹底的に弾圧しました。円地文子《えんちふみこ》の『女坂』は、この三島の下で大書記官として辣腕《らつわん》を振るった白川行友の妻倫《とも》の忍従の生涯を描いたものです。福島市の北東伊達郡霊山《りょうぜん》には、南北朝時代の南朝の重臣北畠親房《ちかふさ》・顕家《あきいえ》らの一族を祀る霊山神社があります。これは一八八一年（明治一四）の明治天皇東北巡行を機に建立されたもので、四月と十月には顕家入城をかたどる濫觴《らんじょう》の舞が奉納されています。

目を海岸に転じるといわき市があります。「蛙」「富士山」の詩で知られる草野心平の出身地です。いわき市の入り口が「勿来関《なこそのせき》」ですが、いわき市から相馬市にかけての海岸一帯には映画「喜びも悲しみも幾歳月《いくとしつき》」で知られる塩屋崎灯台や、比多潟《ひたがた》、二つ沼、松ヶ浦など万葉の時代から知られた景勝地が数多く残され、秀歌、秀句をとどめています。「喜びも悲しみも幾年月」は一九五七年（昭和三二）上演されたもので、上海《しゃんはい》事件勃発の一九三二年（昭和七）から戦後まで、二十年間灯台を守り続けた人生の哀歓を描いた名作として知られています。

藪川《やぶかわ》の月荒涼と鮭のぼる　富安　風生

海へとぶ勿来の関の杉の花　　堀　古蝶
御野馬武者帰陣す月見草の中　　蒔田　光耕
頬白の鉄路にあそぶ勿来関　　皆川　盤水

二　学都を育んだ風土・宮城

新幹線に乗って宮城に入ると、左方にひときわ高い山並みが見えてきます。

みちのくの阿武隈川のあなたにや人忘れずの山はさかしき『古今和歌六帖《こきんわかろくじょう》』　喜撰《きせん》法師

みちのくの阿武隈川のはるか彼方に、人忘れずの山が険しく聳え立っている

栗まくや忘れずの山西にして　松窓《しょうそう》　乙二《おつに》

で知られる不忘山をはじめとする蔵王の山々です。連峰の麓には白石の町が広がっています。斎川《さいかわ》には義経に忠節を尽くして死んだ佐藤継信《つぐのぶ》・忠信《ただのぶ》の妻たちが、年老いた母のために甲冑姿になって慰めたという妻たちの甲冑姿の像のある甲冑堂があります。甲冑堂の側には、芭蕉三回忌を期して「おくの細道」追慕の旅をして『陸奥鵆《むつちどり》』を書いた天野桃隣《とうりん》の句碑があります。

軍《いくさ》めく二人の嫁や花あやめ　天野　桃隣

みちのくの信夫《しのぶ》の高湯業平《なりひらき》忌　遠藤　梧逸

医王寺の門前に聴く初蛙　　原田　青児

紙漉《かみす》いて母屋に戻る翁《おきな》かな　　石崎　径子

白石は伊達家の重臣片倉家の城下町として栄えたところです。往時冬の農家の副業として和紙漉《す》き農家は三百軒余りもあり、町には材料の楮市《こうぞいち》や紙市が立って賑わっていました。白石和紙は丈夫なうえにふくよかで美しく、その特徴を生かして紙衣《かみこ》や紙布織《しふおり》が作られました。ことに紙衣は麻など粗い織物を着ていた時代には、防寒着として庶民に愛用され「奥州白石紙《おうしゅうしろいしかみ》衣《こ》」として知られました。軽くて安価で持ち運びが良いため旅に生きた芭蕉も『奥の細道』のなかで「…紙子一衣《いちえ》は夜の防ぎ…」と記しています。白石城跡には芭蕉の句碑があります。

陽炎《かげろう》の我が肩にある紙衣哉　　芭　蕉

蔵王町宮《みや》には刈田嶺《かったみね》神社があり白鳥大明神縁起が伝えられています。景行《けいこう》天皇の御代《みよ》に蝦夷《えぞ》征伐《せいばつ》に下った日本武尊《やまとたけるのみこと》が、土地の深谷郷の良民を荒夷《あらえびす》から救った事で土地の長者の娘を妻に迎え平和に暮らしていましたが、尊はやがて都に戻ることになりました。あとに残った妻は遠い都に思いを馳せ、「私たちは二羽の白鳥となって尊のおられる大和に飛んでいこう」と尊とのあいだに生まれた子供とともに激流に身を投げ込みました。するとたちまち二羽の白鳥になって都を目指して飛び去っていきました。娘が我が子と身投げした川は児捨《こすで》川と呼ばれていましたが、この辺一帯は白鳥にまつわる伝説が数多く伝えられています。

新幹線がさらに進むと柴田町に入ります。山本周五郎の『樅《もみ》の木は残った』で知られる原田《はらだ》甲斐《かい》ゆかりの船岡城のあった場所です。伊達騒動は、二歳で襲封した四代藩主綱村《つなむら》（幼名亀千代）のとき起こった藩内の権力闘争で、四代将軍家綱の後見役会津藩主保科正之《ほしなまさゆき》の働きで災いは藩主にまでおよばず伊達家安泰がはかられました。歌舞伎『伽羅先代萩《めいぼくせんだいはぎ》』としても知られています。

新幹線はひときわ大きな市街地に入ってきます。一六〇一年（慶長六）伊達政宗が岩出山から入城して以来、伊達六十二万石の城下町として栄えた場所です。著名な宮城野、つつじが岡が所在し、秀歌、秀句も詠まれてきました。

宮城野に妻よぶ鹿ぞさけぶなるもとあらの萩に露や寒けき　『後拾遺和歌集』藤原長能《ながとう》

宮城野で妻を呼ぶ鹿の叫び声がするよ。今頃は根元の葉のまばらな萩に露が寒々と置いているのだろうか。

とりつなげ玉田横野の放れ駒つつじの岡にあせみ咲くなり　『散木奇歌集《さんぼくきかしゅう》』源俊頼

玉田横野に放し飼いにしている馬をつなぎなさい。つつじが岡に馬酔木《あしび》が咲いています。

宮城野の春のみぞれを半眼《はんがん》に　佐藤　鬼房

みちのくに長持唄や麦の秋　三木　郁子

萩や鹿を素材とした和歌も数多く残されており、宮城の県花、県獣として親しまれています。またこの宮城野は失恋など相次ぐ挫折に直面した島崎藤村（一八七二～一九四三）がそれを振り切るため、東北学院に作文と英語の教師として赴任、夕暮れ時ともなると、遠く潮騒《しおさい》の音を聞きながらたたずんだところです。藤村は長野県出身で相次ぐ不幸に耐えながら、ほとばしる青春のおもいを鬱屈《うっくつ》の果てに謳いあげた記念碑的な詩集が一八九七年（明治三〇）刊行の『若菜集』で、それに続く詩集によって、日本近代詩上に不滅の名を刻みました。藤村はまた小説家として『破戒』『春』『家』『夜明け前』などの名作を残しています。

心の宿の宮城野よ
乱れて熟き吾身《わがみ》には
日影も薄く草枯れて
荒れたる野こそうれしけれ
ひとりさみしき吾耳は
吹く北風を琴と聴き
悲しみ深き吾目には
色彩《いろ》なき石も花と見き

（『若菜集』より「草枕」の一部）

同時期に土井晩翠《どいばんすい》（一八七一～一九五二）が、仙台で活躍しています。晩翠は仙台に生まれ、斎藤秀三郎の仙台英語塾に学んだのち、第二高等学校、東京帝国大学に学びました。その間、雑誌

「帝国文学」の編集委員を委嘱され、自作の新体詩を同誌に掲載して好評を博し、一八九九年（明治三二）それらを一巻にまとめた『天地有情《てんちうじょう》』を刊行します。漢語を駆使した雄渾《ゆうこん》な作品で、白眉《はくび》は「星落秋風五丈原《ほしおつしゅうふうごじょうげん》」です。この第一詩集によって晩翠は、『若菜集』の島崎藤村とともに〝晩藤《ばんとう》〟と併称されました。「荒城の月」は、一九〇一年（明治三四）に文部省から発行された『中学唱歌』に、滝廉太郎《たきれんたろう》の作曲で収められています。

学都として知られている仙台は多くの俊秀を育てました。日本最初の近代的な国語辞典『言海』の著者大槻文彦《おおつきふみひこ》（一八四七～一九二八）、わが国初めての本格的英語辞典『熟語本位英和中辞典』で知られる斎藤秀三郎《ひでさぶろう》（一八六六～一九二九）、近代短歌結社の初めとされる「浅香社《あさかしゃ》」を起こし歌文革新運動で知られる落合直文《おちあいなおぶみ》（一八六一～一九〇三）、東京「中村屋」の開業者でインド独立運動のビハリ・ボースを援助した相馬黒光《そうまこっこう》（一八七五～一九五五）、わが国自然主義文学の代表的作家真《ま》山青果《やませいか》（一八七八～一九四八）、長く第二高等学校長を務め後進の育成に情熱を注いだ阿刀田令造《あとうだれいぞう》（一八七八～一九四七）、赤痢菌の発見者である志賀 潔《しがきよし》（一八七〇～一九五七）、『暗夜行路』など数々の名作を残した志賀直哉《しがなおや》（一八八三～一九七一）らです。

また多くの俊秀が集い学術・文化の向上に寄与しました。強力な磁石鋼KS鋼で知られる本《ほん》多光太郎《だこうたろう》（一八七〇～一九五四）、東北学院を創始・発展させた押川方義《おしかわまさよし》（一八四九～一九二八）・シュネーダー（一八五七～一九三八）、『三太郎の日記』の著者阿部次郎（一八八三～一九五九）、夏目漱石や芭蕉の研究で知られる小宮豊隆《こみやとよたか》（一八八四〜一九六六）、詩や戯曲に華麗な活動を展開した木下杢太郎《きのしたもくたろう》（本名太田正雄、一八八五〜一九四五）、文法の研究に大きな足跡を残した『日本文法論』の著者山田孝雄《やまだよしお》（一八七五〜一九五八）、古代東西文学の比較研究によって国際的に知られる土居光知《どいこうち》（一八八六〜一九七九）らが、教育者として若い世代の心を豊かに耕しました。

さらに『狂人日記』、『阿Q正伝』で知られる中国の文学者魯迅《ろじん》（一八八一〜一九三六）が、若い頃医学を学ぶために仙台に留学しています。このように多くの俊秀が青葉城下に集まり、青春の若い心を豊かに養っていきました。

荒城に声あり木の芽風の声　　鷹羽　狩行
政宗の隻眼《せきがん》くもる雁渡し　　伊豆田立泉
七ツ森日の当りゐて風花す　　原田　青児

新幹線はさらに秀麗な七ツ森を左に眺めながら北上します。七ツ森（大和町）の麓が歌人原阿佐緒《はらあさお》（一八八八〜一九六九）の生誕地です。阿佐緒は黒川郡大和町宮床で生まれました。一九〇九年（明治四二）「女子文壇」に投書した一首が与謝野晶子に認められ、「新詩社」に入社、一九一三年（大正二）には「アララギ」に入会し、斎藤茂吉、島木赤彦の指導を受けます。柳原白蓮《やなぎはらびゃくれん》、九條武子《くじょうたけこ》とともに大正の三閨秀歌人といわれましたが、恋愛事件が新聞に報道され、世間の厳しい批判を受けて郷里の宮床に戻り、再び歌壇に復帰することはありませんでした。

家ごとにすもも花咲くみちのくの春べをこもり病みてひさしも　原　阿佐緒

うらわかき心みだれをひそかにもかなしめる身と人に知らゆな　同

左方に船形連峰を見ながら古川駅に近づきます。見渡す限り広がる水田は大崎耕土と呼ばれ、米の主産地です。市内には、

みちのくの緒絶《おだえ》の橋やこれならんふみみふまずみ心まどはす

『後拾遺和歌集』　藤原道雅《みちまさ》

みちのくにある緒絶の橋とはこのようなものだろうか。文を見たり見なかったりするたびに心を惑わせるよ。ちょうど踏んだり踏まなかったりするたびにびくびくするように。

で知られる緒絶の橋があります。またここは、民本主義を唱え大正デモクラシーに多大な影響を与えた吉野作造《よしのさくぞう》（一八七八〜一九三三）の生誕地です。作造は組合協会派に属するキリスト教牧師で、元同志社大学総長海老名弾正《えびなだんじょう》門下のクリスチャンでした。東京帝国大学を卒業、東大教授として政治史・政治学を講ずる一方、『中央公論』を足場に政治論文を発表します。大正デモクラシーに大きな影響を与えることになった民本主義は、主権在民を意味する民主主義とは異なり、主権者は民衆の利益・幸福を政治目的にし、政策決定には民衆の意向を考慮すべきとする、当時としては最も進歩的な民主主義思想であり、政党内閣制・普通選挙を根拠づけるものでした。

新幹線は栗駒山の美しい山並みが眺望できる場所に差しかかってきます。ここは美しい故郷の山河を瑞瑞《みずみず》しく詠った詩人白鳥省吾《しらとりせいご》（一八九〇〜一九七三）の生誕地です。この辺り一帯は野鳥の楽園で知られる伊豆沼《いずぬま》・内沼をはじめ、豊潤な水辺が広がっています。水清く緑豊かな宮城の自然は、豊かな文学風土を育んできました。

生れ故郷の栗駒山はふじのやまよりなつかしや　白鳥　省吾

露涼し伝へて翁の一宿地　大橋　敦子

白鳥の一と騒ぎして田へ移る　佐々木京子

水かぶり抜き藁《わら》あまた抱へし子　金光とし子

栗駒山の空へ緋を立てななかまど　柏原　眠雨

三　まほろばの国・山形

出羽三山の一つ羽黒山は、現世の仏の観音浄土として信仰されています。ここで娑婆安穏《しゃばあんのん》の加護を祈り、後生極楽往生の修行をし、その修行の効力によって娑婆の関を越え、生死の海を渡って月山の極楽浄土へ往き阿弥陀如来の妙法を聞く。その効力で苦域の関を渡り、寂光浄土・大日法身の地である湯殿山に入る。出羽三山を歩くことは、羽黒山―月山―湯殿山という空間を移動するだけでなく、現在―過去―未来という逆転した時間をも同時に旅することで、羽黒修験ではこれを「三関三渡《さんかんさんと》」といっています。出羽路を旅した芭蕉は、趣深い紀行文、秀句をとどめ後人に大きな影響を与えています。

涼しさやほの三日月の羽黒山　　芭　蕉

涼しさが、この羽黒山の清らかな全体をつつんでいる、その清涼《せいりょう》の世界をさらにいろどるかのように、三日月がほんのりと空にかかっている。

雲の峰幾つ崩れて月の山　　　　　　同

日中に山を幾重にもつつんでいた白雲が、いつの間にかくずれさったときは、もう夜になっていた。ほのぐらい月の下に月山がくっきりと浮かんでいる。

語られぬ湯殿にぬらす袂《たもと》かな　　　　同

恋の思いを語られぬまま袂をぬらすというのとはちがうが、私もこの山の行者の行いを語るのを許されないまま、その沈黙の中に感動の涙で袂をぬらした。

湯殿山銭ふむ道の泪《なみだ》かな　　　　曽良

湯殿山の参道のいたるところに散っている賽銭《さいせん》を踏みしめながら、のぼって行く。その深い感動に涙をこぼす私であった。

歌人斎藤茂吉《さいとうもきち》（一八八二〜一九五三）は、上山《かみのやま》市の農家の三男に生まれました。蔵王山麓にある純農村地帯であり、町に出るには馬か徒歩で峠越えをしなければなりません。茂吉は十五歳の時、青雲の志を胸に山形・宮城県境の関山峠《せきやま》を一日がかりで徒歩で越え、仙台から汽車で上京、浅草にある同郷の医家の養いをうけ勉学を始めました。東大医科を卒業後、長崎医専教授となりヨーロッパに留学し、のちに青山脳病院長などを歴任しました。東大在学中、伊藤左千夫に師事しました。左千夫は正岡子規の弟子で『馬酔木《あしび》』『アララギ』などを発刊、子規の写生主義を強調した歌人で小説『野菊の墓』で知られています。茂吉は雑誌『アララギ』の編集を担当し、『赤光《しゃっこう》』や『あらたま』を始めとする歌集や『柿本人麿』などの随筆や評論を残しました。故郷をこよなく愛し芭蕉を敬愛し、その跡を訪ね歩き多くの秀歌を残しました。

陸奥《みちのく》をふたわけざまに聳《そび》えたまふ蔵王の山の雲の中に立つ　　斎藤　茂吉

結城哀草果《ゆうきあいそうか》（一八九三～一九七四）は、山形市に生まれました。斎藤茂吉に教えを乞い、「アララギ」会員として農業に従事しながら純情で素朴な写生歌、健康な生活歌を詠み続け、生涯茂吉を敬愛していました。歌集に『山麓』、随筆に『村里生活記』などがあります。

朝の庭に筵《むしろ》を敷きて売りに行く胡瓜《きゅうり》をかぞふ吾れとあが妻　　結城哀草果

国捨てて遠去りし娘も児を産むと此の雪の里恋ひ帰りける　　同

百姓のわれにしあれば吾よりも働く妻をわれはもちたり　　同

真壁仁《まかべじん》（一九〇七～八四）は山形市生まれ、農村の生活と風土を題材とした詩を作り続けるとともに、蔵王・最上川の血につながるふるさとを通して『人間茂吉』『斎藤茂吉の風土』を著述し、茂吉の詩と人間に迫りました。また、『街の百姓』『日本の湿った風土について』などを著わしました。

正岡子規は一八九三年（明治二六）『奥の細道』を辿り、作並《さくなみ》温泉から大石田《おおいしだ》に入り、最上川を船で下り『はて知らずの記』をとどめました。

ずんずんと夏を流すや最上川　　正岡　子規

草枕《くさまくら》夢路《ゆめじ》かさねて最上川ゆくへもしらず秋立《あきた》ちにけり　同

最上川とこの周辺を題材とした作品も数多く残されています。志賀直哉の『山形』、阿部次郎の『最上川』、旧制山形高校に学んだ亀井勝一郎、神保光太郎《じんぼこうたろう》、阪本越朗《さかもとえつろう》らの詩や散文、安齋徹の『樹氷』、後藤紀一の『少年の橋』などが知られています。

竹村俊郎《たけむらとしお》（一八九六～一九四四）は村山市出身で、萩原朔太郎《はぎわらさくたろう》、室生犀星《むろうさいせい》と知り合い「感情」の同人として詩作を始め一九三九年（昭和一四）帰郷、大倉村村長を務めながら、郷里の山河を瑞々《みずみず》しく謳いあげました。萩原朔太郎は群馬出身で、口語自由詩を芸術的に完成して新風を樹立、詩集『月に吠える』『青猫』などを発表しました。室生犀星は金沢市出身で、北原白秋・萩原朔太郎らと交わり抒情的詩人として知られました。のちに小説に転じ、野性的な人間追求と感覚的描写で一家を成しました。『愛の詩集』『幼年時代』『あにいもうと』『杏つ子』などで知られています。俊郎のこよなく愛した蔵王や出羽三山、飯豊の山々は今も私たちに、さまざまな思いを抱かせてくれます。

み　山　　　　竹村　俊郎

山は聖なるべきか
張りつめし初冬の蒼穹《そうきゅう》のもと
泰然たる

山は聖なるべきか
澄みきりし初冬の野面の彼方
犇《ひし》と坐れる

蔵王　龍　虚空蔵　朝日　羽山の山山
遠く朝日の尾根にかすみ
幻のごと赫《かが》よへる飯豊《いいで》の峰
（ああかし処こそ山山の宮居ならめ）

これ等瑞《ただ》しく聡《さと》き千年の山山
すべてを知りて語らざる
すべてを持ちて用ひざる
黙々たるこれ等紫衣の聖衆

五月雨《さみだれ》を集めて早し最上川　　芭　蕉

折から降り続いた梅雨に、最上川の水かさは増し、速い流れが、いっそうはげしく豪快な流れとなって舟は矢のように走り下って行く。

酒田は、江戸時代日本海を通して下関、大坂、江戸と結ばれはかりしれない経済的な恵みを受けた場所です。上方からは木綿・繰綿・古手などの衣料品、砂糖・塩・油などの食料品がもたらされ、上方へは米、紅花《べにばな》、青苧《あおそ》、煙草などを送った拠点で、蔵宿、蔵元商人達が活発に商いをして栄えた場所でもあります。なかでも二木屋、鐙屋《あぶみや》のちの日本一の地主になる本間家が有名で、井原西鶴《いはらさいかく》の『日本永代蔵《にほんえいたいぐら》』には、「爰《ここ》に坂田の町に、鐙屋といへる大問屋住けるが、昔はわずかなる人宿せしに、其身才覚にて近年次第に家栄へ、諸国の客を引請け、北の国一番の米の買入、惣左衛門といふ名を知らざるはなし。表口三十六間、裏行六十五間を家蔵に立てつづけ、台所の有様、目を覚しける。」と描かれています。

森敦《もりあつし》（一九一二〜八九）は、旧制第一高等学校を中退して文学を志し、横光利一《よこみつりいち》に師事し、利一夫妻の媒酌によって山形県の旧家の女性と結婚、山形に縁を持つようになりました。一九五一年（昭和二六）から翌年にかけて、即身仏が安置してある朝日村の注連《ちゅうれん》寺に身を置き、雪深い厳しい冬を体験しています。このときの体験をもとに書かれたのが『月山』です。

鶴岡市は、中田喜直《よしなお》作曲「雪のふる町を」で知られていますが、ここからは『滝口入道《たきぐちにゅうどう》』の著者で知られる高山樗牛《ちょぎゅう》（一八七一〜一九〇二）、『年の残り』『エホバの顔を避けて』で知られる丸谷才一《まるやさいいち》、『暗殺の年輪』『一茶』などで知られる藤沢周平らを輩出するとともに、多くの文人墨客も訪れました。樗牛は日本近代文学の黎明期《れいめいき》に水星のように登場して、三十二歳で生涯を閉じました。鶴岡公園には、「文は是に至りて畢竟《ひっきょう》人なり命なり人生也」と刻まれた樗牛の碑があります。

何度も庄内を訪れた横光利一は「私は山形県の庄内平野に這《は》入《い》ってきたとき、ああここが一番日本らしい風景だと思った。この平野の羽前水沢駅といふ札の立った最初の寒駅《かんえき》に汽車が停車したとき、私は涙が流れんばかり稲の穂波の美しさに感激して深呼吸をしたのを覚えてゐる」と庄内の印象を記しています。

阿部次郎《あべじろう》（一八八三〜一九五九）は飽海《あくみ》郡松山町出身で、鳥海山の秀麗な姿、月山の雄大な山容、日本海に向かって蛇行する最上川のうねりを見て育ちました。『吾が輩は猫である』『坊っちゃん』『それから』『虞美人草《ぐびじんそう》』で知られる夏目漱石に師事し、反自然主義の文芸評論を発表しています。『三太郎の日記』『人格主義』では、個人主義的理想主義・感情移入を説き、青年たちに大きな夢と希望を与えました。次郎は「私という人間をつくりあげてくれた最初の師は何をおいてもまずこの故郷の風土である」と語っていますが、風土には外見だけではかり知ることのできない懐の深い人生の糧《かて》が隠されています。

米沢市は、危機にある藩財政を立て直した上杉鷹山《うえすぎようざん》（一七五一〜一八二二）で知られる城下町です。「愛民」を政治理念として再建に乗り出した鷹山の苦心によって藩財政は立ち直り、米沢織や笹野《ささの》一刀彫、相良《さがら》人形などが今に伝えられています。米沢北方の高畠《たかはた》町は、まほろばの里として知られています。まほろばとは美しい土地をさす言葉です。古代からの遺跡が数多く残され、またお伽噺《とぎばなし》から近代文学としての童話への道を開き、日本のアンデルセンといわれる浜田広介《はまだひろすけ》（一八九三〜一九七三）の故郷でもあります。広介は、『むく鳥の夢』『泣いた赤鬼』『りゅうの目のなみだ』などの著作を残しました。

置賜《おきたま》は国のまほろば菜種咲き若葉しげりて雪山も見ゆ　結城哀草果

紅花を茂吉の最上川に流す　加藤かけい

茂吉忌を明日に蔵王の吹き晴れし　山家　竹石

天童に駒材干すや桜桃忌《おうとうき》　桂　樟蹊子

四　イーハトーヴの国・岩手

岩手は、八百年以上前、皆金色《かいこんじき》の文化を誇った平泉藤原氏が栄華を極めた場所です。八百五十年前平泉を訪れた西行は、束稲山《たばしねやま》に爛漫と咲き誇る桜の花にことよせて、京の都の外に豪華絢爛と咲き誇る平泉文化を見いだした感動を、「聞きもせず束稲山《たばしねやま》の桜花吉野のほかにかかるべしとは」と『山家集』にとどめました。その五百五十年後に訪れた松尾芭蕉は、平泉の失われた栄光への哀惜を、「夏草や兵《つわもの》どもが夢の跡」「五月雨《さみだれ》の降りのこしてや光堂」という句に託し『奥の細道』にとどめました。多くの人びとが訪れ、優れた秀歌・秀句を残しています。

冬ごもりひと日のすゐはおもほえて金色堂の影も顕《た》つかに　北原　白秋《はくしゅう》

草のしげるや礎石のところどころのたまり水　種田《たねだ》山頭火《さんとうか》

光堂より一筋の雪解水　有馬　朗人

白雨去り日の一すぢを光堂　鍵和田秞子

清衡の願文《がんもん》の意の大文字《だいもんじ》　遠藤　梧逸

旅をはる遅日の窓に衣川　原田　青児

高野長英《たかのちょうえい》（一八〇四〜五〇）は、水沢市（旧仙台藩）の出身で、江戸に遊学して蘭方医学を学び、またオランダ語にも卓越し、シーボルトの日本研究に大きく貢献しました。渡辺崋山《わたなべかざん》らと尚《しょう》歯会《しかい》を結成して時事を論じ、『夢物語』で幕府の鎖国政策を厳しく批判、蛮社《ばんしゃ》の獄《ごく》に連座し、自害しました。先見性を持った人で多数の著訳を残しています。

新渡戸稲造《にとべいなぞう》（一八六二〜一九三三）は、盛岡市生まれ。札幌農学校卒業後、アメリカ、ドイツに留学し、京大教授・一高校長などを経て国際連盟事務局次長として国際平和実現のため活躍。アメリカ人メリーを夫人に迎え、敬虔《けいけん》なクリスチャンとしてカナダで病没しました。代表作『武士道』は日本文化論で、各国で訳され当時の日本人のアイデンティティを理解させるのに貢献しました。『修養』『農業本論』などを著しました。

石川啄木《たくぼく》（一八八六〜一九一二）は、玉山村《たまやまむら》常光寺の住職の子として生まれました。盛岡中学で文学活動に影響され、文学をもって身を立てるべく上京しましたが翌年、病を得て帰郷、与謝野《よさの》鉄幹《てっかん》の指導を受け号を授けられ詩作に専念しました。口語を交えた三行書きで感情を豊かに表現しました。死後二カ月を経て刊行された『悲しき玩具《がんぐ》』は『一握《いちあく》の砂《すな》』とともに、日本人の生活感情を最も相応しい言葉と形式で詠った作品として、大正以後の歌壇に大きな影響を与えました。

東海《とうかい》の小島《こじま》の磯《いそ》の白砂《しらすな》にわれ泣きぬれて蟹《かに》とたはむる　石川　啄木
頬《ほ》につたふなみだのごはず一握《いちあく》の砂を示しし人を忘れず　同
たはむれに母を背負《せお》ひてそのあまり軽《かろ》きに泣きて三歩あゆまず　同
いのちなき砂のかなしさよさらさらと握《にぎ》れば指《ゆび》のあひだより落つ　同

『一握の砂』より

宮沢賢治《けんじ》（一八九六～一九三三）は、花巻市生まれ。盛岡高農を卒業後、法華経に帰依《きえ》し、農業研究者、農村指導者として地域の発展に寄与する一方、詩、童話に優れた作品を残し、死後それらの研究が進むにつれて高く評価されるようになりました。生前刊行された唯一の童話集『注文の多い料理店』の広告文に、これらの作品を「イーハトーヴ童話」と呼び、「イーハトーヴは一つの地名である」「実にこれは著者の心象中に、このような情景を持って実在したドリームランドとしての日本岩手県である」と書いています。

賢治の作品は多かれ少なかれ、岩手の風土にねざし、それを反映しています。生前刊行した唯一の詩集『春と修羅《しゅら》』に収められた「小岩井《こいわい》農場」「岩手山」「原体剣舞連《はらたいけんばいれん》」「東岩手火山」などは、岩手の自然と向き合い、その心に生起する思いを記録した作品です。賢治は岩手の風土から夢を育み、詩人が自然の花鳥・動物・鉱物たちのどよめき・ざわめきと自在に対話し、交流し、喜び、悲しむ「イーハトーヴ」の世界をつくりだしました。賢治は愛する妹との別れを、次の詩に託しました。

永訣《えいけつ》の朝

けふのうちに　とほくへいってしまふわたくしのいもうとよ　みぞれがふつておもてはへんにあかるいのだ　（あめゆじゆとてちてけんじや　註　あめゆきとつてきてください）うすあかくいつさう陰惨《いんざん》な雲から　みぞれはびちよびちよふつてくる　（あめゆじゆとてちてけんじや）

青い蓴菜《じゅんさい》のもやうのついた　これらふたつのかけた陶椀《とうわん》に　おまへがたべるあめゆきをとらうとして　わたくしはまがつたてつぽうだまのやうに　このくらいみぞれのなかに飛びだした　（あめゆじゆとてちてけんじや）　蒼鉛《そうえん》いろの暗い雲から　みぞれはびちよびちよ沈《しず》んでくる　ああとし子　死ぬといふいまごろになつて　わたくしをいつしやうあかるくするために　こんなさつぱりした雪のひとわんを　おまへはわたくしにたのんだのだ

ありがたうわたくしのけなげないもうとよ　わたくしもまつすぐにすすんでいくから

（あめゆじゆとてちてけんじや）

はげしいはげしい熱やあへぎのあひだから　おまへはわたくしにたのんだのだ　銀河や太陽　気圏《きけん》などとよばれたせかいの　そらからおちた雪のさいごのひとわんを…ふたきれの

みかげせきざいに　みぞれはさびしくたまってゐる　わたくしはそのうへにあぶなくたち雪と水とのまつしろな二相系《にそうけい》をたもち　すきとほるつめたい雫《しずく》にみちた　このつややかな松のえだから　わたくしのやさしいいもうとの　さいごのたべものをもらつていかう　わたしたちがいつしよにそだつてきたあひだ　みなれたちやわんのこの藍《あい》のもやうにも　もうけふおまへはわかれてしまふ　(Ora-Orade-Shitori-egumo 註　あたしはあたしでひとりいきます。)

ほんたうにけふおまへはわかれてしまふ　あぁあのとざされた病室の　くらいびやうぶやかやのなかに　やさしくあをじろく燃えてゐる　わたくしのけなげないもうとよ　この雪はどこをえらばうにも　あんまりどこもまつしろなのだ　あんなおそろしいみだれたそらから　このうつくしい雪がきたのだ　(うまれでくるたて　こんどはこたにわりやのごとばかりで　くるしまなあよにうまれてくる)　おまへがたべるこのふたわんのゆきに　わたくしはいまこころからいのる　どうかこれが天上のアイスクリームになつて　おまへとみんなとに聖い資糧《かて》をもたらすやうに　わたくしのすべてのさいはひをかけてねがふ　(大正一一年一一月二七日)

柳《やなぎ》田《た》国男《くにお》(一八七五～一九六二)は、兵庫県出身で民俗学研究に大きな足跡を残しました。農商務省の官僚でもあった国男は、一高・東大時代から田山花袋《かたい》や国木田独歩、島崎藤村らと交流し、詩文に熱中する文学青年でもありました。遠野出身の佐々木喜善《きよし》（鏡石《きょうせき》）と出会い、彼の語る故郷遠野の話に魅了され、遠野三山と呼ばれる早池峰《はやちね》山、六角牛《ろっこうし》山、石上山に囲まれた秘境遠野に何度も足を運んで纏《まと》めたのが『遠野物語』です。そこで語られたオシラサマやザシキワラシは、永遠に人びとに記憶され民族学のふるさと、民族伝承の宝庫遠野が広く世に知られるようになりました。

早池峰に雲置く里の障子干し　　柏原　眠雨

金田一京助《きんだいちきょうすけ》（一八八二～一九七一）は盛岡生まれ。東大・国学院大学教授を歴任しましたが、盛岡中学校では啄木の先輩で生涯啄木と親交がありました。アイヌ語・アイヌ文学の研究に功績を残し、『ユーカラの研究』『国語音韻論』などの著書があります。

野村胡堂《こどう》（一八八二～一九六三）は、紫波《しわ》町生まれ。『銭形平次捕物控』などで大衆文学の新生面を拓き、一方「あらえびす」の筆名で『ロマン派の音楽』なども執筆、多彩な活動を展開しました。

加えて一関市出身の『蘭学階梯《らんがくかいてい》』の著者大槻玄沢《げんたく》（一七五七～一八二七）、幕末の仙台藩校養賢堂《ようけんどう》学頭で開国論者大槻磐渓《ばんけい》（一八〇一～七八）、子息で国語辞典『言海』の著者大槻文彦（一八四七～一九二八）、平泉藤原三代の研究に大きな功績を上げた陸前高田市出身の相原友直《あいはらともなお》（一七〇三～八二、旧仙台藩医）らが知られています。

高村光太郎（一八八三〜一九五六）は、空襲で東京本郷の自宅とアトリエを失ったため、花巻市に宮沢賢治の弟宮沢清六の招きで疎開し、自ら望んで山間の雪深い三畳一間の小屋で自炊生活を送りながら、多くの戦争詩を作ったことへの『自己流謫《じこるたく》』の七年間を過ごしました。

みちのくの花巻町に人ありて賢治をうみきわれをまねき、　　高村光太郎

今東光《こんとうこう》（一八九八〜一九七七）は横浜市で生まれ、一九六六年（昭和四一）から平泉中尊寺貫主《かんじゅ》を務め金色堂《こんじきどう》の修復等に多大の貢献をしました。『痩せた花嫁』『春泥尼抄』などの著書があります。

鈴木彦次郎（一八九八〜一九七五）は東京出身で、盛岡中学校から旧制一高、東大国文科と進み、川端康成、横光利一、今東光らと『文芸時代』を創刊。盛岡に疎開中、岩手県立図書館長に就任、岩手日報社による「北の文学」の責任編集者として若い人材の育成に大きく貢献しました。

大正時代に平民宰相として活躍した原敬《はらたかし》（一八五六〜一九二一）も、優れた数多くの句を残しました。敬は、盛岡生まれで外務次官・朝鮮公使を歴任。退官後大阪毎日新聞社長のち、逓相・内相を経て政友会総裁。一九一八年（大正七）平民宰相として最初の政党内閣を組織しましたが、一九二一年（大正一〇）東京駅南口で暗殺されました。

わけ入りし霞の奥も霞かな　　原　敬

岩手県は秀峰岩手山、早池峰山、焼石岳《やけいしだけ》、五葉山《ごようざん》や大河北上川によって美しい自然環境が培われ、海岸部は壮大な海蝕崖、深く入り込んだ湾、入江を有する陸中海岸となっています。このような壮大なスケールは、多彩で豊かな文学風土を育んできたのです。

弁慶の小さき墓にも春時雨　菅原静風子
呼びあって義経の地の田植衆　佐川　広治
牛産まるを麦星剰《あま》すなく数へ　小原　樗才
馬鈴薯の花咲く奥の正法院　千葉艸坪子
蟻の道晩翠草堂より出でぬ　蓬田紀枝子
貝飯に貝の噴き立つ帆手祭《ほでまつり》　渡辺　幸恵
北上川《きたかみ》を越す大凧に糸を足す　片平あきら

五　雅の文化を育む・秋田

古くから、日本海を通して都との交流の盛んだった秋田県は、重厚な歴史を積み重ねてきました。秋田市内には、秋田の地誌などを数多く残し角館《かくのだて》で没した菅江真澄の墓や、彼が逗留した奈良家住宅（国指定重要文化財）などが残されています。

幕末の激動期、平田篤胤《あつたね》（一七七六〜一八四三）は、二十歳のとき脱藩して江戸に上り本居宣長《もとおりのりなが》の著書を学んで古学を志し、平田学を唱えました。平田学は反幕府的要素はありませんでしたが、その尊皇鼓吹《こすい》や儒教攻撃に幕府の目が光り、著書の刊行差し止めのうえ郷里に追放され、一八四三年（天保一四）六十八歳で没しました。しかし彼の多くの門下生によって秋田藩内では尊王攘夷運動が盛んで、こうした背景もあり、いち早く奥州列藩同盟を脱退して、東北諸藩のなかで唯一官軍として戊辰戦争を戦いました。

その前後の佐竹藩を舞台にした長編歴史小説『黎明《れいめい》に戦う』の作者今野賢三《いまのけんぞう》（一八九三〜一九六

九）は土崎《つちざき》出身で、『種蒔《たねま》く人』の同人としても知られています。『種蒔く人』は小牧近江《こまきおうみ》が、バルビュスの反戦、平和を求めたクラルテ運動の影響を受けてフランスから帰国し、金子洋文《かねこようぶん》、今野賢三、山川亮《りょう》、畠山松次郎《まつじろう》、近江谷《おうみや》友治らと語らって刊行した、秋田県の土崎版といわれるもので小牧らによる第三インターナショナルの紹介が時代的先駆ともいえるものです。クラルテとは、光という意味で人間の解放という旗幟《きし》のもとに、芸術家がペンを武器として、反戦・ファシズムのために世界的な連帯をうながそうというものです。

秋田市の風物詩竿灯《かんとう》は、睡魔退治の行事ネブリナガシの一つといわれ、江戸中期の文献『雪の降る道』にも登場しています。沢野久雄《さわのひさお》は『円形劇場』で、「たしかに広い道は灯の海になっていた。いや灯の河である」とその驚きを綴っています。旭川に沿った飲食街、川反《かわばた》もしばしば文学の中に登場しています。

石井露月《ろげつ》（一八七三〜一九二八）は、河辺《かわべ》郡雄和《ゆうわ》町出身で、一八九三年（明治二六）上京、正岡子規の門を叩き、高浜虚子や河東碧梧桐らとも交流しましたが、まもなく医師の試験に合格して郷里に帰りました。正岡子規は『ホトトギス』に「…秋田の片田舎に怪しき者あり。名づけて露月という。揮沌《こんとん》の孫、失意の子なり。（中略）如《し》かず疾《と》く失意の酒を呑み、失意の詩を作りて奥羽に呼号せんには。而して後に詩境益々進まん。往け。…」と愛情あふれる惜別の文を寄せました。帰郷後、露月は俳誌『俳星』を創刊、秋田の俳句振興に努め、次の句を遺しました。

花野ゆく耳にきのふの峡《たに》の声　石井　露月

戦後、国策として行われた八郎潟《はちろうがた》干拓工事は伊藤栄之介の『消える湖』、瓜生卓造《うりうたくぞう》の『八郎潟』、高井有一の『夜明けの土地』など、新しい風土の出現による多くの作品を生みました。日本農民文学会会長を務めた伊藤栄之介は、『鴬』『警察日記』で知られます。ともに警察を舞台とした農村の貧しさへの怒りを愛で包んだ作品です。

ナマハゲの里男鹿半島のつけねにある寒風山《かんぷうざん》は、一木もまとわず蕭々《しょうしょう》と鳴る風に吹き曝《さら》され、多くの人びとに様々な思いを抱かせてきました。

男鹿もはて亀甲の畦雨に塗る　安藤五百枝

点々と萱草畦に男鹿青田　田川飛旅子

鹿角《かづの》市は、縄文時代、祭祀・埋葬に関連して作られた巨石記念物の一種であるストーン・サークル（環状列石）の所在地として知られ、また世阿弥の『錦木《にしきぎ》』の題材となった伝説を伝えている場所です。古川古松軒は『東遊雑記』に「いつのころにや、この里に一人の男あり。女を恋い慕うことあり、幾夜か通いて染め木《そき》を立て置くといえども、女の心に叶《かな》わずして取り入るることなし、その染め木つもりつもりて塚となる。これを称して、錦木塚という。」と記しています。

錦木の北の毛馬内《けまない》は、東洋史学の泰斗《たいと》といわれた内藤湖南《ないとうこなん》（一八六六～一九三四年）の生誕地で、湖南父子三代が眠る仁叟寺《じんそうじ》があります。湖南は秋田県立師範学校卒業後、上京して新聞記者となり、のち大阪朝日新聞の主筆を務めました。一九〇七年（明治四〇）京大東洋史講座創設とともに講師となり、のち教授となりました。『近世文学史論』など日本文化論の古典となっています。また漢文や書道にもすぐれていました。

大館市生まれの渡辺喜恵子（一九一四〜九七）は、みちのくの女性の四代にわたるさまざまな愛と死の歴史を描いた『馬渕川』で知られています。小林多喜二（一九〇三〜三三年）は『蟹工船《かにこうせん》』、『不在地主』などで、貧しい虐《しいた》げられたものへの人道的な愛と、そこに発する救いようのない反抗を基調とするプロレタリア作家として活躍、非業《ひごう》の死を遂げました。

夏雲の流るる果や尾去沢《おさりざわ》　松浦　光子

かまくらや繭《まゆ》こもるごと灯《あかり》して　鈴木　正治

角館町は京文化を色濃く今に伝えています。高井有一（一九三二〜）は、一九四五年（昭和二〇）中学一年生のとき疎開、多感な青春時代を過ごしました。横手市は、石坂洋次郎（一九〇〇〜八六）が一九二六年（大正一五）から一九三八年（昭和一三）十月職を辞すまで横手高等女学校などで教鞭《きょうべん》をとりました。横手在住中『若い人』を書き、また、そこを舞台に一九五六年（昭和三一）朝日新聞に「山と川のある町」を連載しました。横手公園には、『若い人』の一節を刻んだ句碑が建立されています。市内には、石坂洋次郎記念文学館があります。

小さな完成よりも　あなたの孕《はら》んでいる　未完成の方がはるかに

大きいものであることを　忘れてはならないと思う（『若い人』の一節）

横手は『蒼氓《そうぼう》』『生きてゐる兵隊』『人間の壁』で知られる石川達三《いしかわたつぞう》（一九〇五〜八五）の生誕地です。また、幕府草創期の功臣本多正純《まさずみ》・正勝《まさかつ》父子が「宇都宮釣天井事件」で失脚し、幽囚《ゆうしゅう》の晩年を送って果てた地でもあります。

この事件は、一六二二年（元和八）徳川秀忠が日光参詣の帰途、宇都宮城主であった正純が怪建築を設けて秀忠を害しようとしているとの密告があり、秀忠が宇都宮城に泊まらず夜通しで江戸に帰った事件です。真相は闇に包まれたまま、これが原因となり父子は失脚しました。

平安時代の歌人小野小町は、各地に小町伝説を残していますが、なかでも有名なのが出羽国小野の里（雄勝町《おがちまち》小野）です。伝説によれば、出羽国郡司小野良実《よしざね》の子として生まれた小町は、良実の任が満ちた九歳のとき父に連れられて京都に帰りました。美しく教養豊かに育った小町は宮中に仕え、才知と美貌で一世を風靡《ふうび》しましたが、年とともに故郷の地が恋しくなり、ついに小野の里に帰りました。晩年は、雄物川の川辺の岩屋に住んで香をたきながら自像を刻む日々を過ごし、九〇〇年（昌泰三）九十二歳で没したとされています。小町の霊を祀るために建立された小町堂の後方三百メートルほどの田んぼの中にある古墳状の二つの小さな森は「二つ森」と呼ばれ、小町と小町のもとへ九十九夜通ったという伝説上の悲恋の人・深草少将の比翼塚であるといわれるなど、小町にまつわる数多くの物語を今に伝えています。百人一首で知られる『古今和歌集』にある小野小町の和歌です。

花の色はうつりにけりないたづらにわが身世にふるながめせしまに　小野小町

花の色は、いつの間にか衰えあせってしまった。むなしく憂き世の物思いに沈みながら、降り続く長雨に妨げられて、見ることもできずにいた間に。

かつて松島と並び称された象潟九十九島《くじゅうくしま》、八十八潟《はちじゅうはちがた》の絶景は、一八〇四年（文化一）出羽地方を襲った大地震によって土地が隆起し、今では大小の小山がその奇観をとどめているだけです。しかし象潟には多くの人びとが訪れ、秀歌、秀句をとどめています。

象潟やなぎさに立ちて見わたせばつらしと思ふ心やはゆく　源　重之

象潟の代田植田の昼蛙　深谷　雄大

象潟や嫗《おうな》霞みて荒田打つ　加藤知世子

岩百合や巌《いわお》切り屹《た》つ日本海　小畑たけし

芭蕉は象潟到着後最初に、能因が三年間隠棲《いんせい》したと伝えられる能因島を訪れています。

大曲《おおまがり》市には、前九年の役（一〇五一～六二）のときの安倍貞任《あべのさだとう》の居城と伝えられる松山城跡や、横手市には、後三年の役（一〇八三～八七）のとき清原家衡《きよはらのいえひら》・武衡《たけひら》と清原（藤原）清衡《きよひら》と源　義家《みなもとのよしいえ》の軍勢が対峙《たいじ》した古戦場があります。今東光（一八九八～一九七七）最後の作品となった大河小説『蒼き蝦夷の血―藤原四代』の第一巻「清衡の巻」は、その時代を描いたものです。

六　最果てのロマン・青森

青森湾に面する「外ケ浜《そとがはま》」は、古くは「外の浜」と呼ばれ陸奥国《むつのくに》の歌枕の地として知られています。四番目物の夢幻能「善知鳥《うとう》」で知られ、生前善知鳥の子鳥を捕らえるのを生業としていた猟師の亡霊が、地獄での報いを諸国一見の僧にまざまざと見せる場所です。

陸奥《みちのく》の外の浜なる呼子鳥《よぶこどり》鳴くなる声はうとうやすかた　藤原　定家

恐山《おそれざん》は、下北半島のほぼ中央に位置する円錐《えんすい》形休火山を中心とする霊場で、イタコ（盲目の巫女《みこ》）が死者の言葉を伝える呪術《じゅじゅつ》（口寄せ）を行うことで知られています。

湖澄むに地獄より血の流れくる　山口　誓子

十和田湖は、主である八郎太郎が田沢湖の辰子《たつこ》姫のもとにしきりに通ったという伝説をもっています。八郎太郎は十和田湖の南約三十キロの草木《くさぎ》集落（秋田県鹿角《かづの》市）で生まれ、やがて大蛇に化身《けしん》し、十和田湖の主になりますが、熊野の修験者南祖坊《なんそぼう》と闘って敗れ、追い出されて八郎潟の主となったという物語が秘められています。

山の湖《うみ》のゆふべの波の乱反射うけとめてさやぐ老いづく胸は　木俣《きまた》　修《おさむ》

十和田湖に星飛びたりと便りせむ　阿波野青畝

竜飛崎《たっぴざき》は津軽半島の最北端の岬。津軽海峡の激しい海流を足下にして海蝕洞や奇岩に富んでいる岬で、詩情誘われる風情を持っています。

あまたゐて千鳥は啼《な》かず竜飛崎　上村《うえむら》　占魚《せんぎょ》

五戸《ごのへ》は、戊辰《ぼしん》の役《えき》で敗れた会津藩がその再興をかけた斗南《となみ》藩三万石の藩庁が置かれました。苦難の開拓を強いられた旧会津藩士の子弟からは、勝れた人材を数多く輩出しました。武蔵野の哲人といわれた江渡狄嶺《えとてきれい》（一八八〇～一九四四）、明治期の人物評価の第一人者鳥谷部春汀《とやべしゅんてい》（一八六五～一九〇八）らが社会的に高い業績を上げました。

棟方志功《むなかたしこう》（一九〇三～七五）は、青森市の善知鳥《うとう》神社の近くで生まれました。青雲の志を持って上京、故郷の伝説「善知鳥」を題材にした「善知鳥版画巻」を彫って文展に出展し、版画部門で官展はじまって以来の特選を受け、以降独特の棟方芸術の世界を拓きました。

青森の港見過ぎて春浅き　村山　古郷

天性の詩人であり創作家であった寺山修司《てらやましゅうじ》（一九三五～八三）は、三沢市で生まれ多感な青春時代を青森市で過ごし、エッセー、小説、演劇、映画と活躍の場を広げ、常に時代の先端を疾走《しっそう》していきました。

マッチ擦るつかのま海に霧ふかし身捨つるほどの祖国はありや　　寺山　修司

弘前市は、津軽藩十万石の城下町として栄え、桜の名勝として、また文化の香り高い町として知られ、葛西善蔵《かさいぜんぞう》、石坂洋次郎、佐藤紅緑《こうろく》、今官一《こんかんいち》らを輩出しました。

弘前や遅き桜に雨冷て　　石塚　友二

葛西善蔵（一八八七〜一九二八）は、三歳の頃生家が没落、辛酸《しんさん》をなめながら多感な少年時代を過ごしました。創作を志し上京、東洋大学で学んだ後、『子を連れて』で作家として認められました。貧困と肺結核、一家離散の憂き目を見ながら『哀しき父』『椎《しい》の若葉』『湖畔日記』などの名作を残し、四十二歳の生涯を終えました。

白根山雲の海原夕焼けて妻し思えば胸痛むなり　　葛西　善蔵

石坂洋二郎（一九〇〇〜八六）は、慶応義塾を卒業した後、『若い人』『青い山脈』『石中先生行状記』などで一世を風靡《ふうび》しました。『青い山脈』は一九四七年（昭和二二）朝日新聞に連載されたあと映画化され、東北の港町を舞台に高校生の男女交際騒動を通して、自由と民主主義を謳い上げたものです。西条八十《さいじょうやそ》作詞、服部良一《はっとりりょういち》作曲の映画主題歌とともに、戦後の荒廃の中から立ち上がりつつあった多くの国民に夢と希望を与えました。

今官一《こんかんいち》（一九〇八〜八三）は、早大高等学院を経て露文科に学びました。在学中プロレタリア映画同盟に加盟。同人雑誌『文学ＡＢＣ』『海豹』『青い花』を創刊、「日本浪漫派」系の作家として詩情豊かな作風を示しました。一九四四年（昭和一九）応召、レイテ沖海戦に参加しました。一九五六年（昭和三一）芸術社から出版した『壁の花』で直木賞を受賞しました。壁の花とは、照明の薄暗い踊り場の壁ぎわで、じっと指名を待っている売れないダンサーのことで、異才を認められながら華やかな脚光を浴びることなく世を去りました。

秋田雨雀《うじゃく》（一八八三～一九六二）は、黒石市で生まれ、早稲田大学卒業後、小山内薫《おさないかおる》の『新思潮』の編集を行い、島村抱月《ほうげつ》・松井須磨子の芸術座に参加しました。戯曲集『埋《うず》もれた春』『国境の夜』詩集『黎明《れいめい》』などがあり、晩年は俳優の養成に力を尽くしました。

太宰治《だざいおさむ》（一九〇九～四八）は、金木銀行を擁する大地主津島家（北津軽郡金木《かなぎ》町）に生まれました。青森市で中学時代を、弘前で高校時代を過ごしました。東京帝国大学在学中共産主義の非合法活動に従事し、脱落後、鎌倉の海で自殺を図りました。遺書のつもりで書いた「思い出」などを含む処女作品群『晩年』でデビューし、玉川上水に投身自殺するまで、四回自殺を図り、睡眠薬中毒、精神病院入院、結核など波瀾に満ちた短い生涯を送りました。いっさいの権威に対する激しい反逆と、弱い人びとの味方として愛と真実を求める精神に貫かれ、多くの熱狂的愛読者を得ました。『斜陽』、『人間失格』などで知られています。急激な社会変動によって没落した上流階級を指す斜陽族は、この『斜陽』からとられたものです。

佐藤紅緑《こうろく》（一八七四～一九四九）は、弘前で旧津軽藩の漢学者の家に生まれました。弘前中学を中退上京し、新聞『日本』の社主の陸羯南《くがかつなん》の書生となり、後に正岡子規に師事しました。『少年倶楽部』その他に連載した、「あ、玉杯に花うけて」で人気作家となり、真山青果や福士幸次郎《ふくしこうじろう》など後進に大きな影響を与えました。サトウハチローは紅緑の長男、佐藤愛子は異母妹です。

弘前から望む岩木山は、古くから詩歌に詠まれてきた秀峰です。一九二五年（大正一四）八月、与謝野寛《よさのひろし》とともに弘前を訪れた与謝野晶子《あきこ》は、

みやびかに岩木の山の紫に似るそで振る津軽の獅子は　　与謝野晶子

と詠んでいます。

県北西部の日本海に面した十三湖岸は、中世の頃には岩木川河口が造った天然の良好十三湊《とさみなと》として繁栄し、江戸時代には米や木材の積出し港・十三湊《じゅうさんみなと》として賑わいましたが、今は荒涼とした砂丘が目立ち、わずかに名所、旧跡に往時を偲ぶ事ができるだけです。

颪と来て声よき十三の蜆《しじみ》売　　成田　千空

明治の文学者大町桂月《おおまちけいげつ》（一八六九～一九二五）は高知県出身で、十和田湖と奥入瀬《おいらせ》をこよなく愛し、これらを世に知らせた一人で、八甲田山南麓の蔦《つた》温泉に余材庵を構え、愛惜の地で生涯を終えました。桂月は『十和田湖』において、こう記しました。

「余は十和田湖に遊びて、四通りの路を経過したり。小坂よりの路と毛馬内《けまない》よりの路とを取

らば、湖の一部を俯瞰《ふかん》するを得べし。されど、十和田湖より奥入瀬渓を取り去れば、十和田湖の勝はその一半を失うべし。且つ三本木より奥入瀬渓を経るの路は最も平坦也。」

また十和田には、『智恵子抄』で名高い高村光太郎が青森県の委嘱によって一九五三年(昭和二八)完成させた「湖畔のおとめ」像が立っています。このようなロマンと伝説を秘めた十和田湖そして奥入瀬渓谷を、多くの人びとが絶えることなく訪れています。

面《おも》つゝむ津軽をとめや花林檎　高浜　虚子
勾玉《まがたま》の津軽のぞかせ青林檎　新谷ひろし
八甲田《はっこうだ》今は青嶺《あおね》として聳《そび》てり　塩川　雄三
奥入瀬《おいらせ》を我行く程に滝多く　高木　晴子
みちのくの淋代《さびしろ》の浜若布《わかめ》寄す　山口　青邨

湖畔のをとめ　佐藤　春夫

雨降りしか　水沫《みなわ》凝りしか
花かもみじか　水の清らか
あわれ　いみじき
はたや　いみじき
湖畔のをとめ
久遠の身をか
ふたりむかひて　何をか語る
あらず　みたりのゆかしき人を

七　津軽海峡物語

本州最北端の下北・津軽と北海道の渡島《おしま》・亀田半島の間に横たわる津軽海峡は、さまざまなロマンと非情なドラマを生んできました。

津軽半島の突端の竜飛崎《たっぴざき》は、青函《せいかん》トンネル本州側の入り口で、晴れた日には北海道の陸地も間近に見え、海峡の激しい流れを目にすることができます。日本海を北上してきた対馬《つしま》暖流が西から東へと流れ込み、尻屋《しりや》崎を経て太平洋を三陸沿岸へと再南下する潮流は時速十五キロメートルもあり、海が荒れる秋から冬にかけ、帆船でこの流れを乗り切ることは至難の業で、風待ち、帆待ちが多い難所でした。

津軽の十三湊《とさみなと》（江戸時代は十三湊《じゅうさんみなと》）は、中世津軽の豪族安藤氏の蝦夷《えぞ》交易の拠点として、下北の大間港や佐井港、津軽の三厩《みんまや》港は江戸時代蝦夷地へ渡る港として栄えました。

松前と三厩を結ぶ帆船ルートは、航海そのものが目的地付近に漂着するような形をとっていたため、風待ちに日時を費やしたこともあります。松前藩の参勤交代にはこのコースが使われ、船が無事に三厩に着くと狼煙《のろし》が上げられ、松前側では、藩士一同、登城して主君の無事を祝いました。

一六二五年（寛永二）津軽二代藩主信枚《のぶひら》のとき、善知鳥《うとう》村と呼ばれていた一寒村に青森港が開かれますが、商港・油川《あぶらかわ》港があったため藩の手厚い保護にもかかわらず、青森港は明治時代を迎えるまで衰退していきました。

風雲急をつげる幕末、十三湊・小泊《こどまり》・竜飛・三厩・青森・大間・尻屋・大畑などに台場（砲台）が築かれました。一八六九年（明治二）蝦夷は北海道と改められました。函館に開拓使《かいたくし》が置かれ東京・青森・安渡（むつ市）からの航路が設定され、開拓のための人や物資の積み出し港として隆盛を迎えました。

一八七三年（明治六）青函連絡船が定期化され、一九〇八年（明治四一）三月イギリスに発注した新鋭船比羅夫《ひらふ》丸の就航によって本格化しました。一九二四年（大正一三）には、船内にレールを敷き、貨車をそのまま収容して運行、一九二六年（大正一五）には貨物専用船も就航し、本州と北海道を結ぶ重要な動脈として大きな役割を果たしました。しかし、太平洋戦争が始まるとアメリカ海軍によって津軽海峡には多くの機雷が流され、一九四五年（昭和二〇）七月一四日と一五日には青函連絡船が激しい攻撃を受け一一隻が沈没、大きな打撃を受けました。

戦後、連絡船再興の第一歩として就航したのが洞爺《とうや》丸ですが、一九五四年（昭和二九）九月、台風のため転覆事故を起こし千百五十五名の犠牲者を出しました。同時に十勝丸、北見丸、日高丸、第一一青函丸の四隻も遭難し、全国民に大きな衝撃を与えました。

洞爺丸転覆事故は、一九一二年（大正二）に西大西洋で起きたタイタニック号遭難事故に次ぐ世界第二の海難事故です。タイタニック号は、四万六千三百二十八トンのイギリスの旅客船で、一九一二年四月一四日夜ニューファンドランド島南方沖の北大西洋を処女航海中、濃霧のため氷山に衝突、翌日未明に沈没しました。乗客・乗員二千二百余人中千五百余人死亡、海難事故としては世界最大の犠牲者を出しました。

その後、この教訓を生かし新造船が造られ全盛時代を迎えますが、青函トンネル完成とともに一九八八年（昭和六三）三月に廃止されました。比羅夫丸就航以来五十六隻の連絡船で一億五千五百四十五万人の旅客を運びました。

この長い海峡の歴史はさまざまなドラマも生みました。一八五二年（嘉永五）吉田松陰《よしだしょういん》は小泊から算用師《さんようし》峠を越えて竜飛岬を訪ね、海峡を航行する外国船を見て、北方防備の必要性を痛感、一詩にそれを託しました。

去年今日発巴城
楊柳風暖馬蹄軽

去年の今日巴城《ゆうじょう》（萩城）を発し
楊柳《ようりゅう》風暖かに馬蹄《ばてい》軽し

今年北地更踏雪
寒沢卅里路難行
行尽山河万夷険
欲臨滄溟叱長鯨
時平男児空慷慨
誰追飛将青史名

今年北地更に雪を踏み
寒沢《さむさは》卅里路行き難し
行き尽す山河万の夷険
滄溟《そうめい》に臨みて長鯨《ちゃうげい》を叱せんと欲す
時平かにして男児空しく慷慨す
誰れか追はん飛将《ひしゃう》青史の名

海浜に出づ、是れを三厩《みんまや》と為す。俗に伝ふ、義経松前に騎渡するにここよりとすと。戸数百許り、湾港は舟を泊すべし。松前侯の江戸に朝《てう》するにも、舟に乗りて亦《また》ここに到る。今別《いまべつ》を経《ふ》。戸数湾港、亦《また》三厩と相類す。大泊を経て上月に宿す、戸数僅かに一七、八のみ。行程八里。小泊・三厩の間、海面に斗出するものを竜飛崎と為す、松前の白神鼻《しらかみのはな》と相距ること三里のみ。而《しか》れども夷船憧々《どうどう》として其の間を往来す。これを榻側《たふそく》に他人の酣睡《かんすゐ》を容《ゆる》すものに比《くら》ぶれば更に甚だしと為す。苟《いやしく》も志気ある者は誰れか之れが為めに切歯せざらんや。（『吉田松陰東北遊日記』　奈良本辰也　淡交社）

結城哀草果《ゆうきあいそうか》は、この岬に立った印象を歌集『津軽行』に記し、厳しい自然の中に生きる人間の生活を詠いました。

海わたりなほゆかざらむ蝦夷《えぞ》の国はるか盛々《もりもり》とひかる沖みゆ　　結城哀草果

桟橋《さんばし》にテープ乱れて出帆の汽笛こだます晩夏《ばんか》の空に　上村　占魚
あまたゐて千鳥は啼《な》かず竜飛崎　星野　立子
陸奥湾が花野の果てに見ゆる道　富安　風生
津軽女等やませの寒き頬被《ほおかむり》　渡辺　恭子
光陰の飛んで海霧濃き竜飛崎　同
津軽三味線は吹雪の夜のもの　村上　三良

竜飛の南東に位置する三厩は、蝦夷地に渡る港として知られ多くの人びとが海峡を越えて行きました。『日本外史』の著者頼山陽《らいさんよう》の子息頼三樹三郎《みきさぶろう》（一八二五〜五九）は「松前へ航する二首」等の絶句を残しました。三樹三郎は詩文をよくし、嘉永年間梅田雲浜《うめだうんぴん》等と謀り大いに尊皇攘夷を議しましたが、安政の大獄に坐し、江戸で刑死しました。

松前客懐

南望海水濶如天　南望《なんぼう》すれば海水濶《かいすいひろ》きこと天《てん》の如《ごと》く
萬里白雲意惘然　萬里《ばんり》の白雲意惘然《はくうんいもうぜん》たり
鐵艫長檣満三港　鐵艫長《てつろくちょうしょう》　檣は三港《さんこう》に満《み》つるも
問来不見五畿船　問《たず》ね来《き》たれば見《まみ》えず五畿《ごき》の船《ふね》

客懐《かくかい》―他郷にあってのおもい、惘然《もうぜん》―あわただしい貌、うっとりする貌

鐵艫《てっろく》—鐵を張った船、長檣《ちょうしょう》—長い帆柱、三港《さんこう》—松前、箱館、江差の三港をさす
五畿—畿内五国（山城・大和・河内・摂津・和泉）をいう。
（参考『松前町史』通史編第一巻第四編田村安蔵）

衣川《ころもがわ》の戦いで死んだ義経《よしつね》が、この地から蝦夷へ渡ったと伝えられ、円空開基の義経《ぎけい》寺があります。青森市の合浦《がっぽ》公園には石川啄木の「船に酔ひてやさしくなれるいもうとの眼見ゆ津軽の海を思へば」の歌碑があります。本州最北端の大間岬《おおまみさき》は北海道の汐首岬《しおくびみさき》と対し、弁天島との間の瀬戸は難所で島の中央に大間崎《おおまざき》灯台があり、「ここ本州北端の地」の標識が立っています。

大間崎の南東には下風呂《しもふろ》温泉があり、古くから湯本の名で知られ、刀傷や槍傷《そうしょう》などに効くといわれています。井上靖《いのうえやすし》（一九〇七〜九一）の作品『海峡』の最終舞台、いわゆる「海峡の宿」として一世を風靡《ふうび》しました。井上靖は旭川生まれで、物語性豊かな数多くの作品で、日本文学の読者層を広げました。日中友好にも尽力、『氷壁』『敦煌《とんこう》』『孔子』などの著作で知られています。

下北半島の北東端の岬がアイヌ語で「絶壁の岬」といわれる尻屋崎です。対岸の函館には、臥牛《がぎゅう》山とも呼ばれる函館山があり、ここは一八九九年（明治三二）から一九四五年（昭和二〇）の終戦まで一般人の立ち入りが禁止された場所で、貴重な植生の宝庫として知られています。山

の東端の岬・立待岬《たちまちみさき》は石川啄木と一族の墓で知られ、与謝野寛《よさのひろし》夫妻の歌碑があります。寛《ひろし》（鉄幹、一八七三～一九三五）は、京都生まれ。落合直文に学び、浅香社・東京新詩社の創立、『明星』の刊行に尽力、新派和歌運動に貢献、自我の詩を主張しました。詩歌集『東西南北』『天地玄黄《てんちげんこう》』、歌集『相聞《あいぎこえ》』などで知られます。与謝野晶子《あきこ》（一八七八～一九四二）は寛の妻で、堺市生まれ。新詩社に加わり、雑誌『明星』で活躍しました。格調清新、内容は大胆奔放でした。歌集『みだれ髪』『佐保姫』『春泥集』のほか『新訳源氏物語』などが知られています。

市内の大森海岸の啄木小公園には物思いにふける啄木座像が、そのそばには西条八十《さいじょうやそ》（一八九二～一九七〇）の詩碑が建てられています。八十は東京生れ、詩集『砂金』、童謡『かなりあ』『毬と殿さま』、歌謡『東京音頭』など、幅広い活躍をした人として知られています。

函館の東、亀田半島の南西端に汐首岬があります。一九二五年（大正一四）に訪れた北原白秋《きたはらはくしゅう》（一八八五～一九四二）は「たうたうと波騒ぐ汐首岬、鮮やけし、雑草の青、みどり……」と詠いました。白秋は、福岡県柳川生まれで、与謝野寛夫妻の門に出入、『明星』『スバル』に作品を載せ、のち短歌雑誌『多摩』を主宰しました。象徴的あるいは印象的手法で、新鮮な感覚情緒を述べ、また多くの童謡を作りました。詩集『邪宗門』『思い出』、歌集『桐の花』、童謡『トンボの眼玉』などが知られています。

島崎藤村は、「突貫」の中で一九〇四年（明治三七）七月北海道へ渡る藤村を迎えた秋田雨雀《うじゃく》、鳴海要吉《なるみようきち》との出会いを記し、この旅行を素材に小説『津軽海峡』を発表しました。

水上勉《みずかみつとむ》は、下北半島の尻屋崎に難破船で流れ着き拾われた女主人公の数奇な半生を描いた『北国の女の物語り』を発表するとともに、人間の心の奥底にある残酷さと優しさを織り混ぜたすぐれた犯罪小説『飢餓《きが》海峡』を発表しました。このほか、上田広の『津軽海峡』、三浦哲郎《てつろう》の『白夜を旅する人々』、吉村昭の『破獄』、長田幹彦《ながたみきひこ》の『零落』、五木寛之《いつきひろゆき》の『海峡物語』『青春の門　放浪編』、開高健《かいこうたけし》の『ロビンソンの末裔《まつえい》』、船山馨《ふなやまかおる》の『北国物語』、岩川隆の海底トンネル工事を描いた『海峡』などがあります。

海峡を素材にした短歌や俳句、詩も多く、与謝野晶子の『北海遊草』、宮沢賢治の『春と修羅・第二集』、大木実の『津軽海峡』などが知られています。

海峡を霧降る朝に越えよとも云ひつる人の待つ國も見ゆ　　与謝野晶子
人の云ふ北海道の大野なるゆきのけしきす海峡のきり　　同
函館の山の曇れば船はなほ霧の洞にも入るここちする　　同

青森埠頭の歌　　秋田雨雀

一　夜の色は　龍飛に落ちて
白神は　潮かげ遥か

記念《かたみ》なし　昼の彩雲《あやぐも》
雲や山や　都を遠み
遊子一人　此の岸に立つ
心なき　綱引のひゞき
ざさんざの　波をも数ふ
かかる夜に　失恋の人
接吻《くちづけ》を　唄ひやすらん
かゝる夜に　世捨人等は
数へ飽く　死に行く足並
　雲厚し　三厩《みんまや》の沖
暴露台の　光は淡し
難波舟　骨寒く寄す
　冬の夜を　思へば悲し

二

善知鳥《うとう》　何を悲しみ
夢なしや　善知の森辺

覚めてなき　またもとび交《か》ふ
都思へば　吾も亦泣く
あゝ活動の波　吾が胸洗へど
精進の鉦　吾が血をふるへど
舟遅し　潮早し
落ち行くは　いづこの港
帰帆の　闇より一つ
心待つ　妻の思路
誰か知る　恋の大波
岸より寄せて　夫を迎ふと
吾も亦　手を拍ち笑ふ
いざさらば　恋夫婦《つま》や
接吻けよ　よもすがら
心の紅　うつしうつされ

津軽海峡

大木　実

北のくに津軽
ながい歩廊をぬけると連絡船のマストが見えた
往くひと
帰るひと
列をつくり肩をならべてものを言いものを喰っていた
稼ぎにいく晴着をつけた鮮人たちもいた
僕は待合室でりんごと新聞を買った
よごれた窓がらすのむこうに白波の立っている
ひる過ぎの海を眺めていた

初明り雪に断《いなな》く寒立馬《かんたちめ》　小林蒼龍子
冬空の石に返りしおしらさま　新谷ひろし
熱燗に酔ふ地の涯《はて》を故郷とし　亀谷　麗水
雪しまき目だけの女すれ違ふ　雪田　初代

本州と北海道を結ぶ津軽海峡は、喜びも悲しみも幾年月を隔て、わたしたちに限りない夢とロマンを語り続けています。

八　東北俳句の源流

連歌をルーツとする俳句の底流には、高次のユーモアを生かす要素が含まれていましたが、俳聖松尾芭蕉（一六四四〜九四）は言葉の深い余韻を捉え、俳諧をして風雅のまことを極める域に高めた「蕉風」を確立しました。天明期には与謝蕪村《よさぶそん》（一七一六〜八三）が正風《しょうふう》の中興を唱えました。蕪村は文人画で大成するかたわら、早野巴人《はじん》に俳諧を学び、正風の中興を唱え、感性的・浪漫的俳風を生み出し芭蕉と併称されています。明治二十年代に入ると正岡子規《まさおかしき》（一八六七〜一九〇二）が、俳句革新に挺身し、写生俳句を主唱し文芸性の高い俳句というものをを力説しました。正岡子規は松山市（愛媛県）出身で、日本新聞社に入り、俳諧を研究しました。雑誌『ホトトギス』に拠って写生俳句・写生文を首唱しました。また、「歌よみに与ふる書」を発表して短歌革新を試み、新体詩・小説にも筆を染めました。

河東碧梧桐《かわひがしへきごどう》（一八七三〜一九三七）も松山市（愛媛県）出身で正岡子規の俳句革新運動を助け、高浜虚子と並んで頭角をあらわしました。子規没後新聞『日本』の俳句欄の撰者を継承し、ついで『日本及日本人』の「日本俳句」の撰者となりました。一九〇六年（明治三九）から一九一一年（明治四四）にかけて二回にわたり全国を遊歴しましたが、写実と個性発揮と接社会的とを説く新傾向俳句運動は燎原の火のごとく全国を席巻しました。一九一五年（大正四）中塚一碧楼《なかづかいっぺきろう》らと「海紅《かいこう》」を創刊、やがて季題と定型にとらわれない自由な表現へ進みました。主な著書は、『新傾向句集』『八年間』『三千里』『子規を語る』『日本の山水』があります。

それに対して高浜虚子《たかはまきょし》（一八七四～一九五九）は、碧悟桐を中心とした新傾向俳句が、大正初年に至り著しく散文化し俳句から逸脱し始めたのに対し、子規の後継者として俳壇復帰を決意し、定型・有季に拠って花鳥諷詠の「ホトトギス派」を俳壇の主流としました。花鳥諷詠の考え方を要約すると、

（一）素材として、花鳥風月を中心素材とする

（二）俳句に盛る情は、軽く、愉快に、楽しいものとする

（三）写生句を続けて作ることで、現実をあるがままに観ずるという人生観を養うということです。

俳句雑誌『ホトトギス』は、一八九七年（明治三〇）正岡子規が主宰・柳原極堂編集の下に松山市で発行されました。翌年、東京に移し高浜虚子が編集、俳句の興隆を図り、写生文・小説

などの発達にも貢献し現在にいたっています。

東北各県の俳句会も多岐に発展してきました。地域に大きな影響を与えた俳人の足跡を辿ってみたいと思います。（参考『家庭と電気』昭和六〇年版・永野孫柳著「東北・現代俳句の源流」）

福島県の俳句史は戦国時代に溯《さかのぼ》り、草創期には、白河、平、会津の諸藩主（結城直朝《ゆうきなおとも》、内藤《ないとう》風虎《ふうこ》、保科正之《ほしなまさゆき》）によって俳諧が嗜《たしな》まれていました。のちに芭蕉の行脚と風虎の次男内藤露沾《ないとうろせん》（一六五五～一七三三）派が大きな影響を与えました。内藤風虎（一六一九～八五）は平藩主で、きわめて好学心があり多くの和漢書を蒐集しました。子露沾に当てた二十三ヵ条の家訓は、大名家訓の一典型として知られています。和歌・俳諧の道にも長じ、和歌集として後水尾天皇の勅点を請けた、風虎の官名左京大夫にちなみ『左京大夫集』と名づけた八巻を遺しています。また、俳人で国学者の北村季吟《きたむらきぎん》（一六二四～一七〇五）らと交わり、若き日の松尾芭蕉もその庇護をうけるなど、俳壇の保護者として有力な存在でした。露沾は嫡子でしたが一六八二年（天和二）これを辞し、のち風流三昧の一生を送り、風虎サロンの後継者として活躍しました。

梅咲いて人の怒の悔もあり　　内藤　露沾

下野守《しもつけのかみ》でもあった露沾の墓は鎌倉光明寺（神奈川県）にあり、松ケ丘公園にその句碑があります。

大須賀乙字《おおすがおつじ》（一八八一～一九二〇）は、相馬市の生まれで旧制二高教授となり、奥羽百文会に参加し、自然帰一の俳句と俳論を展開しました。

妙高の雲動かねど秋の風　　大須賀乙字

その他、三森幹雄《みもりみきお》（一八三〇～一九一〇・蕉門）、久米三汀《くめさんてい》（一八九一～一九五二、本名正雄・小説家）、道山草《みちやまそう》太郎《たろう》（一八九七～一九七二石鼎《せきてい》系「桔槔《きっこう》」経営の俳人）、佐藤南山寺《さとうなんざんじ》（一九一五～七四「楽浪」主宰）らが俳壇を発展させました。

春雪に古るは明治の出窓かな　　久米　三汀

宮城県においては、芭蕉が訪れたころ伊勢国（松阪市）の富豪大淀三千風《おおよどみちかぜ》（一六三九～一七〇七）が、松島の雄島《おしま》に庵室をつくり、十五年居住して作句に励んでいました。井原西鶴《いはらさいかく》の跋《おくがき》で「仙台大《おお》矢数《やかず》」として出版、全国行脚や多くの著作を残し、門弟を育てるなど多彩な活動を展開しました。松窓乙二《しょうそうおつに》（一七五五～一八二三）は、白石の千手院住職として蕪村とも交流し、当時の東北の俳諧に大きな影響を与えました。

ともすれば菊の香寒し病みあがり　　松窓　乙二

一八九三（明治二六）子規の奥州旅行の影響を受けて新俳句運動が興り、旧制二高を中心として句会「奥羽百文会」が結成され、佐藤紅緑《こうろく》（河北新報記者）、佐々醒雪《さっさせいせつ》（二高教授）、若尾瀾水《わかおらんすい》が活躍しました。また、登米町在住の菅原師竹《すがわらしちく》（一八六三～一九一九）、安斎桜磈子《あんざいおうかいし》（一八八六～一九五三）は、『日本俳句』で頭角を顕し地域俳壇に影響を与えました。

舌に残る新茶一露や子規　菅原　師竹

晩学静か也杉は花粉を飛ばす　安斉桜磈子

阿部《あべ》みどり女《じょ》（一八八六〜一九八〇）は、『駒草』を主宰するとともに「河北俳壇」の撰者として長く活躍しました。

重陽《ちょうよう》の夕焼に逢ふ幾たりか　阿部みどり女

また、一九五一年（昭和二六）には農村俳句、家庭俳句をスローガンに俳句雑誌『みちのく』（主宰　遠藤梧逸《えんどうごいつ》　編集長　原田青児《はらだせいじ》）が創刊され、今日の礎を築いています。

独り酌む春爛漫の窓明けて　遠藤　梧逸

角巻を展げて雪を払ひをり　原田　青児

岩手県には、大淀三千風がその著『日本行脚文集』（一六八九・元禄二）に「この翁は・・花実兼備の雄哲なり」と記した太田幽閑《おおたゆうかん》が盛岡で活躍しています。

松島や世門の耳に月颯々《さつさつ》　太田　幽閑

また高橋東皐《とうこう》（一七五二〜一八一九）は蕪村に師事し、蕪村の別号春星亭《しゅんせいてい》を授けられ、盛岡では小野素郷《おのそきょう》（一七五〇〜一八二〇）が活躍しています。

うどの芽や東ねをとけばもえんとす　高橋　東皐

春の月鶏裂けばくもりけり　小野　素郷

明治に入ってからは、『岩手俳諧史』を書いた小林《こばやし》文夫《ふみお》、高橋青湖《せいこ》らが活躍しました。

岩手 颪《おろし》ごうごうと枯野傾けり　　高橋　青湖

青森では八戸藩七代藩主南部信房《のぶふさ》が、一七八三年（天明三）江戸屋敷で、蕉風俳諧入門の典例をあげるなど俳句は大変盛んでした。明治に入ってから子規と交流のあった佐藤紅緑（一八七四～一九四九）によって流布されました。紅緑は一八九三年（明治二六）上京、郷土の先輩である陸羯《くがかつ》南《なん》の家に寄宿しました。陸は、新聞『日本』を創刊し、社長兼主筆として徳富《とくとみ》蘇峰《そほう》とともに、当時の言論界のリーダーとして活躍していました。『日本』の俳壇は子規の担当であったことから、紅緑は直接同僚である秋田県出身の石井露月《ろげつ》とともに子規に俳句を学びました。一八九五年（明治二八）一時青森に帰郷、「東奥日報」に自句を発表し、日本派俳句を唱導、弘前に転任してきた矢田《やだ》挿雲《そううん》（石川県出身）とも親交を結んでいます。

知らぬ字は字引を引いて冬籠　　佐藤　紅緑

大塚《おおつか》甲山《こうざん》（一八八〇～一九一一）は、子規と交流、内藤鳴雪《めいせつ》（愛媛県出身）にも師事し、後に反戦詩や評論活動に転じました。鴎外らとも親交がありましたが貧窮のなかで没しました。

憎まるる地主の蔵や今年米　　大塚　甲山

秋田は幕末にすぐれた思想家平田《ひらた》篤胤《あつたね》、佐藤信淵《のぶひろ》を輩出するとともに、三河の菅江真澄がこの地で多くの人びとに敬愛されながら地誌等を記し、角館で没した風土を有する場所です。安藤和風《はるかぜ》（一八六六〜一九三六）は、芭蕉・鬼貫《おにつら》・蕪村・一茶の俳諧に学んで、独自の句風を確立し、また郷土史家としても活躍しました。

稲妻や水にうなづく薄の穂　　安藤　和風

石井露月（一八七三〜一九二八）は文学を志して上京、子規の知遇を得て『日本』の記者となりました。中央俳壇に存在を示しながら秋田の島田五空《しまだごくう》と『俳星』を創刊し、東北俳諧の振興に力を尽くしました。

雪山はうしろに聳ゆ花御堂　　石井　露月

島田五空《しまだごくう》（一八七五〜一九二八）は秋田市生まれ。句は佐々木北涯《ほくがい》に学び生涯にわたって露月と親交し、秋田で重きをなしました。

卯の花や勤行《ごんぎょう》すぎて夕眺　　島田　五空

山形では栗田九霄子《くりたきゅうしょうし》（一九〇八〜七七）が畑耕一《はたこういち》、武田鶯塘《おうとう》に師事し『胡桃《くるみ》』の主宰として、県俳壇で指導的な役割を果たしました

濁流や胡桃は青く葉に紛れ　　栗田九霄子

名和三幹竹《なわさんかんちく》（一八九二〜一九七五）は、乙字の門人で、のち大谷句仏《おおたにくぶつ》上人の知遇を得て、『懸葵《かけあおい》』の編集と雑詠選者となり、京都俳壇でも重きをなしました。

蓮如忌や見知り顔なる京門徒　　名和三幹竹

あとがき

平成六年十一月松島で行われた「松島芭蕉祭並びに全国俳句大会」で、一人の先生との出会いがあった。みちのく俳句会主宰の原田青児先生である。県からお祝いを申し上げるための出席であったが、以来、先生からはいろいろなかたちでお引き立ていただき今日に至っている。五年ほど前先生から俳句誌『みちのく』への連載のお話を受けた。そのとき先生は、「俳句は日本文化の精華であり、句作には幅広く深い知識が必要なので、そういう視点で自由に書いて欲しい」というお言葉を賜った。先生のいわれるように俳句はまさに日本が世界に誇る冠たる文化の粋である。熟慮し自分の勉強のつもりでお引き受けした。

旅人や文人陸奥守が見たみちのく、街道、峠、海峡、岬、山や川、素材はいくらでもある。それを立体的に組み立てるようにして、みちのくの歴史と文化を辿ってみた。さらに俳句や和歌を交え、雅趣を添えた。ひとつひとつを完結するようなかたちで連載したので、重複や濃淡があるのはお許しいただきたい。この本を書くに当たっては多くの本を参考にまた時には引用させていただいた。それぞれの参考とさせていただいた著書には、著者の熱い思いが感じられ、私自身も勉強させられた。参考資料・引用文献として掲載してあるので、皆さんにも是非これらの本を読まれることをおすすめする。

一昨年、私の住んでいる宮城県登米町の寺池城址公園の一角に、原田青児先生の句碑が建立された。句碑には、先生作の「淋しさは帰燕《きえん》の空のある限り」と刻まれている。味わい深い句である。句碑の除幕式では先生ご夫妻のご希望もあり、小学三年生の私の娘がテープカットの役を果たさせていただいた。そのあと行われた俳句大会・席題の特選句が、「薔薇《ばら》の風除幕少女の白リボン　渡辺幸恵」である。娘にとつても一生の大切な想い出として心に残ることだろう。

漂白の旅人や文人陸奥守などが、さまざまな想い出を刻んだみちのくの山河にも春が訪れた。

春風も外山のおくも雪消えてのどけき空に帰る雁がね　伊達　政宗

この本を書くに当たっては、大きな機会を与えてくださりご指導、ご助言をいただいた原田青児先生に改めて感謝を申し上げるとともに、『みちのくの和歌、遙かなり』（踏青社）、『みちのくの指導者、凛たり』（踏青社）、『武将歌人、伊達政宗』（ぎょうせい）に引き続いて、牛山

あとがき

剛先生、星乃ミミナ様からは、言葉に尽くせぬご指導お励ましをいただいた。

まとめるに当たっては、宮城県図書館の遠藤幸生様、早坂信子様、宮城県教育委員会高校教育課の齋藤隆様、齋藤弘子様にお世話になった。

また、出版にあたっては銀の鈴社の柴崎俊子様に数々のご教示、ご助言をいただいた。心からお礼を申し上げたい。

平成十五年三月

伊達宗弘

参考・引用文献

『東北の街道』　監修　渡辺信夫　無明舎出版
『歴史と文学の回廊』　監修　尾崎秀樹　ぎょうせい
『奥の細道とみちのく文学の旅』　金沢規雄・横井博・浅野晃編　里文出版
『おくのほそ道』　板坂元・白石悌三校注・現代語訳　講談社
『新日本古典文学大系』　岩波書店
『新潮日本古典集成・山家集』　新潮社
『日本古典文学全集・萬葉集』　小学館
『大歳時記　北海道・東北』　集英社
『俳句の旅―北海道・東北』　ぎょうせい
『タウトの日記』　タウト著　篠田英雄訳　岩波書店

参考・引用文献

『日本奥地紀行』　イサベラ・バード・高梨健吉訳　平凡社（東洋文庫）
『吉田松陰　東北遊日記』　奈良本辰也　淡交社
『真澄紀行』　秋田県立博物館
『東遊雑記』　古川古松軒　大藤時彦解説　平凡社（東洋文庫）
『家庭と電気』　創童舎
『白い国の詩』　創童舎
『おくのほそ道』をたずねて　宮城県県民生活局編　金沢規雄著　宝文堂
『無名抄解題』　梅沢記念館蔵　財団法人　日本古典文学会
『おくのほそ道』の想像力　村松友次　笠間書院
『古典日本文学全集』　筑摩書房
『みちのく浪漫回廊』　財団法人　宮城県地域振興センター
『宮沢賢治全集』　宮沢賢治　筑摩書房
『定本与謝野晶子全集』　与謝野晶子　講談社
『ふるさと文学館』　ぎょうせい
『ちくま日本文学全集』　筑摩書房
『近代文学注釈体系　石川啄木著』　岩城之徳校訂注釈解説　有精堂

『歌集　群峰』　結城哀草果　青磁社
『明治の文学』　筑摩書房
『松前町史』　松前町史編集室編集　松前町
『みやぎの文学碑』　社団法人　宮城県芸術協会
『国史大辞典』　吉川弘文館
『日本文学大事典』　新潮社
『日本地名大百科』　小学館
『新潮日本文学小辞典』　新潮社
『世界大百科事典』　平凡社
『宮城県百科事典』　河北新報社
『新編国歌大観』　角川書店

人名索引

あ

会津藩　146
相原友直　136
明石入道　39
明石上　39
赤沼山舟生　49, 111
顕家　114
秋田雨雀　148, 157, 160
秋田藩　74
芥川竜之介　112
浅井氏　110
浅野晃　172
芦東山　91
安住敦　28
麻生磯次　14
阿刀田令造　120
穴山梅雪　110
鐙屋　128
阿部次郎　120, 127, 129
阿倍貞任　144
阿部みどり女　103, 166
天野桃林　116
新谷ひろし　92, 150, 161
有馬朗人　131
在原業平　25
在原行平　39
阿波野青畝　146
安斎桜磈子　165, 166
安齋徹　127
安寿姫　85
アンデルセン　130
安藤五百枝　141
安藤氏　151
安藤和風　167

い

飯田蛇笏　49
家綱　110, 118
家光　110
池大雅　75
イサベラ・バード　95, 173
石井露月　140, 167, 168
石川啄木　132, 133, 156, 157, 173
石川達三　143
石川文子　88
石坂洋次郎　142, 147
石崎素秋　67
石崎径子　117
石塚友二　147
石塚友一　43
伊豆田立泉　121
板坂元　19, 172
一条天皇　30
五木寛之　158
一茶　168
伊藤　95
伊藤栄之介　141
伊藤左千夫　125
稲畑汀子　28, 88
井上靖　156
井原西鶴　128, 165
今野賢三　139, 140
岩井タカ　67
岩川隆　158
岩城之徳　174
殷富門院　36
殷富門院大輔　36

う

上杉　110
上杉鷹山　130
上田広　158
上野さち子　34
上村占魚　146, 155
牛山剛　170
牛若丸　10
氏郷→蒲生氏郷
宇合　58
烏明　91
梅沢記念館　173
梅田雲浜　155
瓜生卓造　141

え

江渡狄嶺　146
海老名弾正　122
恵美朝獦　15
恵美押勝　63
円空　156
円地文子　114
遠藤梧逸　28, 46, 57, 92, 105, 109, 116, 132, 166
遠藤幸生　171

お

奥州藤原氏　56
近江谷友治　140
大炊王　63

大江匡房　42
大木実　160
大坂十縫　100
大須賀乙字　164
大谷句仏上人　168
太田正雄　121
太田幽閑　166
大塚甲山　167
大槻清雄　90
大槻玄沢　91, 136
大槻宗家　91
大槻盤渓　136
大槻文彦　91, 120, 136
大藤時彦　83, 173
大伴坂上郎女　61
大伴旅人　59, 60
大伴家持　37, 59, 60, 63, 64, 67
大野林火　103
大橋敦子　123
大町桂月　149
大家太郎兵衛　85
大淀三千風　165, 166
岡井省二　88
岡野等　43
奥田七橋　100
憶良→山上憶良
尾崎秀樹　172
小山内薫　148
大佛次郎　10
押川方義　120
落合直文　120, 157
越智越人　18
鬼貫　168
小野伊予　67
小野素郷　166
小野小町　143
小野篁　37, 38, 47
小野良実　144
小畑たけし　144
小原樗才　138

か

開高健　158
加賀千代女　28
柿本人麿　126
鍵和田秞子　131
葛西善蔵　147
花山院　29
梶賀千衣子　34
柏原眠雨　22, 67, 76, 82, 123, 136
片平あきら　138
桂樟蹊子　130
加藤かけい　130
加藤氏　110
加藤知世子　144
角川源義　57
金沢規雄　172, 173
金子洋文　140
金光とし子　123
兼盛→平兼盛
上井正司　105
亀井勝一郎　127
亀千代　118
亀谷麗水　161
蒲生氏郷　109, 110
蒲生君平　72
鴨長明　27, 41
川崎展宏　88
川端康成　112, 137
河東碧梧桐　141, 162
観阿弥　39
菅野志知郎　67

き

木内彰志　94
菊池寛　112
喜撰法師　116
北畠親房　114
北原白秋　127, 131, 157
北村季吟　164
木下杢太郎→太田正雄
紀貫之　26
吉備真備　58
木俣修　146
敬福　36
清原清衡→藤原清衡
清原武衡　144
清原家衡　144
清原元輔　27, 35, 36
金田一京助　136

く

陸羯南　167
草野心平　114
九條武子　121
国木田独歩　136
窪田猿雖　18
久保田万太郎　111
熊谷新右衛門　74
久米正雄　112,

165
栗田九霄子　168

け

景行天皇　117
見性院　110
玄昉　58

こ

孝謙天皇　63
勾践　49
河野多希女　49, 57
河野南畦　94
河野広中　114
光明皇后　59, 63
紅緑→佐藤紅緑
後嵯峨院　43
小坂順子　43
古松軒→古川古松軒
後白河院　36
後藤紀一　127
後藤比奈夫　80
後鳥羽院　47
後鳥羽院中宮任子　36
小林蒼龍子　161
小林多喜二　142
小林文夫　167
小牧近江　140
後水尾天皇　164
小宮豊隆　121
小山祐司　46, 113
今官一　147
今東光　137, 144

さ

西行(法師)　12, 14, 18, 33, 34, 35, 50, 52, 55, 56, 131
西郷一族　111
西郷頼母　111
西条八十　147, 157
齋藤隆　171
斎藤秀三郎　119, 120
齋藤弘子　171
斎藤茂吉　121, 125, 126
坂手美保子　34
嵯峨天皇　24, 38
坂上田村麻呂　37
阪本越朗　127
佐川広治　138
佐久間象山　75
左近衛中将　29, 30
佐々木京子　123
佐々木喜善　136
佐々木実高　11
佐治英子　28, 76, 100
佐竹藩　139
佐々醒雪　165
佐藤愛子　149
佐藤一族　109
佐藤鬼房　118
佐藤紅緑　147, 149, 165, 167
佐藤庄司元治　108
佐藤忠信　108, 109, 116
佐藤継信　108, 116
佐藤義清→西行
サトウハチロー　149
佐藤春夫　150
実方→藤原実方, 実方朝臣, 実方中将
佐保姫　157
沢野久雄　140
山椒太夫　113
三汀→久米正雄

し

シーボルト　132
塩川雄三　150
志賀潔　120
志賀直哉　120, 127
子規→正岡子規
十返舎一九　73
篠田英雄　172
司馬遼太郎　11
島木赤彦　121
島崎藤村　119, 136, 157
島田五空　168
島村抱月　148
釈迦　56
シュネーダー　120
順徳天皇　25
淳仁天皇　63
少庵　110
庄子晃子　101
松窓乙二　116, 165
称徳天皇　63
聖武天皇　37, 58,

59, 60
白石悌三　19, 172
白井秀雄→菅江真澄
白川行友　114
白鳥省吾　123
神保光太郎　127

す

菅江真澄　71, 89, 92, 139, 167
菅原師竹　165, 166
菅原静風子　92, 138
厨子王　113
鈴木彦次郎　137
鈴木真砂女　104
鈴木正治　142

せ

世阿弥　39
西施　48
清少納言　29, 36
雪舟　87
千家　110
仙台藩　90
千利休　109

そ

宗久　12, 70, 77, 78
惣左衛門　128
相馬黒光　120
曽良　18, 19, 20, 125

た

平兼盛　46, 84
平清盛　32
平重衡　55
タウト→ブルーノ・タウト
高井有一　141
高木晴子　94, 150
高梨健吉　95, 173
高野長英　132
高橋青湖　167
高橋東皐　166
高橋浦亭　81
鷹羽狩行　88, 121
高浜虚子　56, 80, 140, 150, 163
篁→小野篁
高村光太郎　113, 137, 150
高山樗牛　129
高山彦九郎　72
田川飛旅子　141
滝口入道　129
滝沢洋之　74
滝廉太郎　119, 120
啄木→石川啄木
157
竹田国行　45
武田信玄　110
武衡→清原武衡
竹村俊郎　127
忠信→佐藤忠信
太宰治　148
橘南谿　71
橘為仲　40
橘永愷　44
橘成季　42, 45
橘諸兄　58, 61, 64
辰子姫　145
伊達　118
伊達政宗　118, 170
田辺東里　91
種田山頭火　131
旅人→大伴旅人
玉川鶩鳴　49, 92, 103
田村安蔵　156
大墓公阿弖利為　37
田山花袋　136
探幽　87

ち

智恵子　113, 150
千久羅坊　73
千葉亀雄　112
千葉艸坪子　138
中納言隆家　31
千代　111

つ

津軽二代藩主信枚　152
継信→佐藤継信
津島家　148
綱村　118

て

鉄幹→与謝野寛
寺山修司　146, 147
天智天皇　25

と

土居光知　121
土井晩翠　119

徳川秀忠　110, 143
徳富蘇峰　167
杜甫　20, 27
富岡鉄斎　75
富本繁太夫　73
富安風生　114, 155
鳥谷部春汀　146
豊臣秀吉　109, 110

な

内藤湖南　141
内藤風虎　164
内藤鳴雪　167
内藤露沾　164
長田幹彦　158
中田喜直　129
中塚一碧楼　163
永野孫柳　103, 164
中村苑子　88
長屋王　58
中山高陽　70
夏目漱石　120
奈良本辰也　154, 173
成田千空　149
鳴海要吉　158
名和三幹竹　168
南部信房　167

に

二条院　36
二条院讃岐　35, 36
新渡戸稲造　132
二本松少年隊　113
丹羽高寛　113

の

能因(法師)　12, 18, 19, 33, 35, 44, 47, 48, 50, 52, 144
野口英世　111
野澤節子　43
野田泉光院　73
野見山ひふみ　57
野村胡堂　136

は

芳賀慶明　90, 91
萩原朔太郎　127
白居易(白楽天)　38
畠山松次郎　140
八戸藩　167
八郎太郎　145
服部良一　147
鼻毛の延高　73
浜田広介　130
早坂信子　171
林子平　72
林翔　105
早野巴人　162
原阿佐緒　121, 122
原子公平　105, 113
原田甲斐　118
原敬　137
原田青児　3, 13, 14, 28, 49, 57, 67, 76, 81, 82, 104, 109, 117, 121, 132, 166, 169, 170
盤具公母礼　37
半沢房子　34
芭蕉→松尾芭蕉　19, 27, 28, 35, 48, 85, 104, 113, 117, 121, 124, 128, 144, 168

ひ

肥田埜勝美　46
秀忠→徳川秀忠
秀衡→藤原秀衡
秀吉→豊臣秀吉
日野大納言　91
ビハリ・ボース　120
白虎隊　111, 113
平泉藤原三代　136
平泉藤原氏　56
平田篤胤　139, 167
平塚よし子　81
弘前藩　92

ふ

草深少将　144
深谷雄大　144
福士幸次郎　149
福田秀一　78
福田雅子　34
夫差　49
房前　58
藤井葉子　43
藤沢周平　129

藤原三代　10
藤原氏　56
藤原清輔　44
藤原清衡　144
藤原公任　30
藤原実方　19, 29, 31, 32, 33, 34, 40, 44, 45, 53
藤原実兼　42
藤原重頼　36
藤原俊成　28
藤原隆家　31
藤原種継　67
藤原常嗣　38
藤原定家　25, 145
藤原長能　44, 118
藤原仲麻呂　63
藤原斉信　30
藤原秀衡　10, 51, 55, 56, 108
藤原広嗣　58
藤原不比等　58, 59
藤原道雅　122
藤原武智麻呂　58
藤原基衡　51
藤原元善　39
藤原泰衡　56
藤原行成　30
藤原四代　144
蕪村→与謝蕪村
二木屋　128
船山馨　158
ブルーノ・タウト　101, 102, 172
古川古松軒　72, 83, 86, 141, 173
不破洋子　57

へ

ペリー総督　102
弁慶　109

ほ

保科正光　110
保科正之　110, 118, 164
星野立子　155
星乃ミミナ　171
細川加賀　111
細見綾子　88
堀古蝶　115
本多光太郎　120
本多正純・正勝　143
梵天　105
本間家　128

ま

真壁仁　126
蒔田光耕　115
正岡子規　125, 126, 141, 149, 162, 167, 168
松井須磨子　148
松浦光子　142
松尾芭蕉　12, 17, 19, 27, 28, 34, 35, 48, 70, 85, 104, 113, 117, 121, 124, 128, 131, 144, 162, 164, 168, 169
松風　39
松前藩　91, 152
真山青果　120, 149
丸谷才一　129
丸山秋甫　100
麻呂　58

み

三浦哲郎　158
三木郁子　118
三樹三郎→頼三樹三郎
三島通庸　114
水上勉　158
道山草太郎　165
皆川盤水　115
源重之　40, 144
源融　24, 26, 29, 35, 36, 113
源俊賢　30
源俊頼　11, 118
源義家　41, 144
源義経　10, 56, 108, 116, 156
源頼朝　10
源頼政　36
蓑虫山人　75
三森幹雄　165
宮坂静生　82
宮沢賢治　133, 137, 158, 173
宮本百合子　112

む

武智麻呂　58
陸奥守　169
棟方志功　146
宗任　42
村上三良　155
村雨　39
村松友次　78, 173

村山古郷　146
室生犀星　127

め

明治天皇　114
メリー　132

も

本居宣長　139
元治→佐藤庄司元治
森敦　129
森鷗外　113
盛岡藩　90

や

家持→大伴家持
八木沢高原　109
泰衡→藤原泰衡
矢田挿雲　167
柳田国男　135
柳原極堂　163
柳原白蓮　121
山川亮　140
山口誓子　92, 145
山口青邨　57, 150
山崎ひさを　80
山田みづえ　67
山田孝雄　121
日本武尊　117
山上憶良　60
山本周五郎　118
山家竹石　130

ゆ

結城哀草果　126, 130, 154, 174
結城直朝　164
雪田初代　161

よ

横井博　172
横光利一　112, 129, 137
与謝野晶子　121, 149, 157, 158, 173
与謝野寛　132, 149, 157
与謝蕪村　162, 168
吉田松陰　74, 153
義経→源義経
吉野作造　122
吉村昭　158
蓬田紀枝子　28, 138
頼朝→源頼朝

ら

頼山陽　155
頼三樹三郎　155

れ

冷泉天皇　40

ろ

魯迅　76, 121
露沾→内藤露沾

わ

若尾欄水　165
若山牧水　56
渡辺崋山　132
渡辺喜恵子　142
渡辺恭子　155
渡辺信夫　70, 172
渡辺幸恵　28, 82, 138, 170

地名索引

あ

愛知県　47, 89
愛知県東部　71
愛知県豊明市　78
会津　75, 164
会津黒川城　109
会津嶺　19, 46, 52, 65, 109
会津平野　96
会津盆地　95, 96
会津若松　74, 83, 110, 113
会津若松城　109
アイヌ　91
青森　23, 71, 72, 75, 86, 89, 92, 95, 99, 104, 152, 166
青森港　152
青森市　146, 156
青森埠頭　158
青森湾　99, 145
明石　18
阿賀野川　96
赤湯　97
秋田　23, 70, 71, 85, 89, 95, 104, 139, 167
秋田県　139
飽海郡松山町　129
阿古耶　32
阿古屋の松　80
浅香の沼　80
安積山（安積香山）　19, 46, 52, 64, 109
旭川　140, 156
朝日村　129
浅虫　104
アジア　97
芦ノ湖　79
安達太良（山）　46, 52, 64, 109
安達が原　84, 112
安達郡　83
吾妻山　96
温海　22
阿武隈（川）　52, 80, 87, 88, 116
鐙摺　19
油川港　152
アメリカ　132
有壁　86
淡路　63
安渡　152

い

飯田　89
飯塚　19
飯豊（山）　83, 96, 127
医王寺　84, 117
伊賀　18
伊賀上野　18
伊賀国　17
碇ケ関　74
イギリス　152, 153
胆沢城　37
石上山　136
石巻　73, 75, 86
伊豆沼　100, 123
和泉　156
出雲崎　22
伊勢　18, 63
伊勢神宮　101
伊勢国　71, 165
一関（市）　86, 90, 136
市野々　97
市振　22
井手の玉川　47
糸魚川　22
因幡国　39
猪苗代　83
猪苗代湖　111
茨城県　77
今泉　86
今別　154
伊予　44
磐城　72
岩木川　149
岩木山　85, 149
いわき市平　65
いわき市久之浜　65
岩手　23, 75, 89, 104, 131
岩手（県）　23, 71, 75, 89, 104, 131, 133, 138, 166
岩手山　133, 138
岩出山　118
岩沼（市）　46, 47, 52, 87
インド　120
院内　98

う

羽州街道　71, 98
有珠岳　91
内沼　123
宇津峠　97

宇都宮　83, 143
宇鉄　71, 72
善知鳥　145, 146
善知鳥村　152
浦賀　73
ウラジオストック　101
雲巌寺　19

え

英国　75, 95
江差　156
蝦夷　43, 86, 152, 156
蝦夷地　15, 71, 72, 83, 91, 151, 155
蝦夷の国　154
越後　71, 96
越後路　22
越後平野　96
越中国　61, 62
江戸　18, 70, 72, 74, 75, 83, 87, 128, 132, 139, 143
江戸城　110
愛媛県　162

お

奥入瀬　149
奥羽街道　75
奥羽三関　41
逢坂　52
逢坂の関　52
奥州石巻　73
奥州街道　70, 71
奥州路　70
近江(国)　12, 18, 63, 78
大井河畔　39
大石田　22
大河原　87
大木戸　19
大倉村　127
大坂　86, 128
大館　85, 99
大館市　142
大畑　152
大原の里　71
大間　152
大曲市　144
大間崎灯台　156
大間岬　156
大森海岸　157
雄勝町小野　143
男鹿半島　141
雄神川　62
岡山　83
岡山県　72
岡山県西部　83
隠岐　38
置賜盆地　95, 97
沖の石　20
隠岐島　67
奥蝦夷　92
小国　84, 95, 97
小黒崎　22
尾去沢　86, 142
渡島　151
雄島　36, 81, 165
恐山　145
小田郡　36, 62
小名浜　87
小野の里　143
姨捨山　18
尾花沢　22, 70, 98
尾鮫の牧　21
雄物川　98, 143
おもはくの橋　53, 54
尾張　18

か

甲斐　18, 77
臥牛山　156
角館　89, 139, 142, 167
鹿児島県西部　63
風越山　89
笠島　34
笠島道祖神　32
粕壁　95
上総　63
月山　98, 124, 125
甲冑堂　19
鹿角市　141, 145
合浦公園　156
桂離宮　101
可刀利　65
神奈川県　63
金沢　22
金沢市　127
カナダ　132
金山　98
鎌倉　73, 77
鎌倉光明寺　164
鎌倉山　102
上方　128
上山　97
亀田半島　151, 157
賀茂川　25
河内　156
河内国　50

川反　140
河辺郡雄和町　140
関東　73
金成　86
寒風山　141

き

紀伊　18
義経寺　156
象潟　22, 48, 49, 70, 71, 144
木曽路　18
北秋田地方　93
北上(川)　21, 86, 88, 138
北大西洋　153
北朝鮮　15
畿内五国　156
鬼怒川　95
岐阜県関ヶ原町　78
九州　70, 73
旧仙台藩　132
京　15, 70
京都　25, 37, 42, 91, 101, 109
京都賀茂川　36
京都市下京区　26
京都市南部　110
京都東本願寺　26
京都府　47
京の都　55, 131
清川　85
清見が関　78
清水寺　37

く

九十九島　144
クナシリ　91
恭仁　59
久保田
74, 85, 95, 98
熊野　73
栗駒(山)　67, 123
黒石　99
黒石市　148
黒川郡大和町　121
黒沢　97
黒塚　19, 84
黒羽　19
群馬県　72, 77

け

化女沼　67
気仙沼　74, 86
毛馬内　141, 149

こ

小岩井農場　133
上野　15, 17, 77
上野国　72, 79
高知県　70, 149
上月　154
興福寺　59
高野の玉川　47
桑折　84
郡山(市)　83, 112
郡山市日和田町　64
郡山盆地　112
古河　83
五畿　156
国分寺　59
国分尼寺　59
越河　109
古曽部　44
小泊　152
五戸　146
五葉山　138
衣川　55, 56, 57, 132, 156
金色堂　21, 104, 131

さ

斎川　116
斎川村　103
佐井港　151
埼玉県西部　77
蔵王　116, 127, 128
蔵王町　117
堺市　157
佐賀県東松浦郡　110
坂田　128
酒田　22, 70, 71, 128
相模　63
作並温泉郷　102
桜峠　97
札幌　132
薩摩　63
佐渡　74
佐土原　73
佐夜(小夜)の中山　78
更科の里　18
山陰　73
三港　156
山王峠　95, 96
三本木　150

し

塩竈　20, 27, 70, 77, 81, 103, 104
塩竈神社　20
塩竈町　26
塩竈の浦　23, 25
汐首岬　156, 157
塩屋崎灯台　114
滋賀県　63, 78
信楽　59
静岡　78
静岡県　73
静岡県清水市　78
静岡県中央部　78
静岡県南部　78
七戸　71
尿前の関　22
信濃　71
信夫郡　36
信夫郡佐場野　84
忍ぶ摺　84
信夫里（しのぶの里）　19, 108
柴田町　118
島根県　67
島根県津和野　113
下北　83, 151
下北半島　92, 145, 156, 158
下田　75
下野　14, 15
下関　128
下風呂温泉　156
上海　112
正倉院　59
庄内　71, 74, 92, 129
庄内平野　129
浄法寺　86
白神鼻　154
白河　52, 70, 74, 83, 108, 164
白川郷の合掌造　101
白河関（白河の関）　12, 19, 41, 45, 46, 51, 52, 70, 77, 80, 108
白沢　99
白根山　147
尻屋　152
尻屋崎　151, 156, 158
白石　71, 87, 103, 116, 117
白石市　103
白石城　19, 117
斯波城　24
信州　18
新庄　22, 85, 95, 98
仁叟寺　141
震旦　42

す

瑞巌寺　21
末の松山　20, 49, 70, 77, 80, 81, 100
須賀川　19, 83
鈴鹿山　51
須磨　18
摺上原　109
駿河国　78
駿河府中　73

せ

青函トンネル　151, 153
西湖　20, 87
関谷　52
摂津　12, 156
摂津国　44
施薬院　59
仙台　70, 71, 72, 74, 75, 83, 87, 119
仙台市　53
仙台市泉区　103
千厩　86

そ

相馬郡鹿島町　66
相馬市　164
相馬市松川浦　66
外ケ浜　145

た

大唐　87
大東町　71
太白山　102
平　87, 164
大和町　121
高岡　79
多賀国府　35
高師山　78
多賀城　15, 23, 24, 26, 36, 53, 80
多賀城市　13, 53
高館　21, 57
高畠町　130
高円　60
啄木小公園　157
武隈　53
武隈の松　40, 46,

47, 52, 80
竹駒稲荷　47
竹駒神社　19, 47
大宰府　60
田沢湖　145
立待岬　157
竜飛　152
竜飛崎　146, 151, 154, 155
伊達郡　114
立山　62, 78
多野郡　15
東稲山　55, 131
玉川　97
多摩川　47
玉川上水　148
玉川の里　47
玉田　19
玉田横野　118
玉山村常光寺　132
田村　83

ち

秩父　77
千葉県中央部　63
中国　15, 62, 121
中尊寺　21, 86
中部　73
注連寺　129
鳥海山　85, 98, 104, 129
朝鮮　62
調布の玉川　47

つ

津軽　11, 71, 83, 147, 151, 156
津軽海峡　95, 146, 151, 158, 160, 161
津軽坂　99
津軽半島　72, 146, 151
津軽富士　92
津川　96
筑紫　40, 65, 70, 77
蔦温泉　149
土崎　140
土崎港　99
つつじが岡　19, 118
壷の碑　20
鶴岡　22, 71, 85
鶴岡駅　104
鶴岡公園　129
鶴岡市　129
敦賀　22, 101

て

寺池城址公園　170
出羽　12, 72, 83
出羽三山　124, 127
出羽路　93, 124
出羽地方　144
出羽国(出羽の国)　22, 23, 48, 54, 80, 143
出羽羽黒山　73
天竺　42
天童　85, 98

と

ドイツ　101, 103, 132
唐　58
東海　73
東海道　77
東京　95, 152, 163
東京駅　137
東大寺　51, 55, 59, 62
洞庭湖　20
東北　73, 74, 75, 91, 172
遠野　136
遠野三山　136
徳丹城　24
土佐　70
十三湊　149, 151, 152
十府　20
豊川稲荷　47
登米(町)　21, 67, 86, 165, 170
十和田湖　145, 149

な

長門国　74
中新田　87
長野　89
長野県　71, 89
勿来関(勿来の関)　41, 43, 45, 114, 115
名古屋市　78
名取　32, 53
名取川　19, 53, 70, 80
七北田村　103
七ツ森　121
難波　59

難波の浦　25
鳴海潟　78
縄木峠　83
南部　83
南部路　73

に

新潟　71, 74, 89, 95, 96
新潟県　71, 96
西磐井郡　90
錦木塚　141
西大西洋　153
二条大路　41
日光　19, 95, 143
日本海　74, 128, 129, 139, 149, 151
日本三霊山　78
二本松　84, 113
ニューファンドランド島　153

ね

念珠ヶ関(鼠ケ関)　22, 41, 45

の

能因島　48, 144
野路の玉川　47
能代　85
野田の玉川　20, 47, 48
能登半島　61
篦岳　67
野辺地　71, 86

は

延槻　62
萩　74, 75
萩の玉川　47
白山　78
羽黒山　22, 124, 125
函館(箱館)　152, 156, 157, 158
函館山　156
箱根　79
八十八潟　144
八森町　92
八郎潟　94, 141
八甲田(山)　149, 150
花館　85
花巻　86, 137
花巻市　133, 137
早池峰(山)　136, 138
原町　87
磐梯(山)　46, 52, 65, 83, 96, 109, 111

ひ

東磐井郡大東町大原　90
東山　29, 109
光堂　22, 131
肥前　40
備前　83
肥前名護屋　110
飛騨　104
比多潟　65, 114
常陸　15, 72, 77
常陸国　79
備中(国)　72, 83
悲田院　59
比内町　75
檜原湖　111
日向　73
兵庫県　135
兵庫県淡路島　63
日和山　21
平泉(まち, むら)　55, 57, 70, 71, 72, 104, 108, 131
平泉中尊寺　137
弘川寺　50
弘前(市)　71, 74, 85, 104, 147, 149, 167
弘前中学　149

ふ

深川　17
福井県　101
福岡県柳川　157
福島　19, 23, 71, 84
福島県　95, 112, 114, 164
福島市　108, 114
福島市飯坂町　109
福島市山口　113
富士山　78, 104
伏見　110
伏見稲荷　47
二口峠　70
二つ沼　66, 114
二つ森　143
双葉郡広野町　66
二村山　78
不忘山　116
フランス　140

古川　87
古川駅　122
不破関　78

へ

蛇田村　86
弁天島　156

ほ

房総　72
蓬莱山　87
北陸　73
北海道　71, 75, 86, 89, 91, 92, 95, 99, 151, 152, 156, 157, 161, 172
本郷　137
本州　152, 161
本庄　74

ま

松ヶ浦（松が浦）　66, 114
松ケ丘公園　164
靺鞨　15
松川　97
松阪市　165
松島（町）　19, 20, 26, 27, 28, 36, 48, 70, 71, 77, 81, 87, 103, 104, 144, 165, 169
松島円福寺　81
松前　71, 72, 83, 151, 154, 156
松前町　174
松山市　162, 163
松山城　144
真野　66
真野の萱原　21
馬渕川　142
満州　74

み

三重県　63, 71
三河　71
三河の国　89
三崎峠　70
三沢市　146
水沢　86
水沢駅　129
水沢市　132
陸奥　63, 71, 72, 84, 86
美知能久山　66
美豆の小島　22
水戸　72
湊村　86
美濃（国）　18, 75
三春　83, 114
宮城（県）　23, 66, 71, 74, 75, 89, 116, 165, 174
みやぎの　174
宮城野　19, 41, 53, 70, 80, 103, 118
三厩　71, 152
三厩港　151

む

武蔵野　146
武蔵国　77, 81
六玉川　47
陸奥国　12, 23, 30, 44, 45, 54, 77, 80, 145
陸奥湾　155
村上　71
村山市　127

め

メナシ　91

も

最上　88
最上川　55, 85, 127, 129
盛岡　71, 72, 75, 86, 132, 136, 137, 166
盛岡中学校　136, 137

や

薬師寺　59
薬師堂　19
焼石岳　138
屋島　108
八十島　37
矢立峠　71, 99
柳津　86
弥彦　22
藪川　114
山形　23, 84, 89, 95, 127, 129, 168
山形県　71, 112, 129
山形平野　97
山口県萩市　74
山城　12, 44, 156

大和　12, 18, 44, 156
山中　22
山梨(県)　77, 78
山目村　90
山本郡　93

ゆ

湯沢　71, 85, 98
湯殿山　124, 125
湯野浜　104
由利　93

よ

横手　85, 95, 105, 143
横手公園　142
横手高等女学校　142
横手市　142
横野　19
横浜　95
横浜市　137
吉岡　87
吉野　55, 131
吉野山　109
米沢　75, 84
米沢市　130

り

陸前高田市　136
陸中海岸　138
立石寺　22, 70

れ

レイテ沖　148

ろ

六条河原　25
ロシア　72, 74
六角牛山　136

わ

若松城　110
若松の町　83
若柳　86
涌谷(町)　62, 87

著者

伊達 宗弘（だて むねひろ）

1945年、宮城県登米《とよま》町生まれ。宮城県図書館長。日本文藝家協会会員。みちのく俳句会客員同人。著書『みちのくの和歌、遙かなり』踏青社。『みちのくの指導者、凛たり』踏青社。『武将歌人、伊達政宗』ぎょうせい。

口絵写真　提供

青森県文化観光推進課
秋田県観光課
岩手県商工労働観光課
仙台市博物館
㈳福島県観光連盟
㈳山形県観光協会
中尊寺
宮城県観光課

NDC 13
伊達宗弘
東京　銀の鈴社　2003
192 P　18.8 cm（みちのくの文学風土）

銀鈴叢書　定価　1,500円＋税

みちのくの文学風土

2003年5月26日初版発行
著　者　伊達宗弘©
発行者　西野真由美・望月映子
発　行　（株）銀の鈴社　川端文学研究会事務局（日本学術会議登録団体）
SLBC（学校図書館ブッククラブ）会員・CBL の会会員
〒104-0061　東京都中央区銀座1-5-13-4 F
Tel：03-5524-5606　Fax：03-5524-5607
URL　http://www.ginsuzu.com　E-mail　info@ginsuzu.com
印刷　電算印刷
<落丁・乱丁本はお取り替えいたします>
ISBN4-87786-365-6　C1092　Y1500E